W.S. Maugham

毛 姆 文 集
W. Somerset Maugham

西班牙主题变奏

Don Fernando

〔英〕毛姆 著　李晓愚 译

上海译文出版社

前言

我希望让读者知道，我已借此书新版问世的契机对它做了修订。于一个作者而言，能够遇到对作品有所裨益的批评意见并不常见。当他足够幸运地得到了这样的意见，若是不能从中获益，便是愚蠢。这是我试图在这一版本中做些修订的原因。德斯蒙德·麦卡锡先生在《星期日泰晤士报》上发表了《总结》一书的书评，他温和地指出该书中的一些内容我已在《西班牙主题变奏》中说过了。这一点，我是知道的。在创作《西班牙主题变奏》的时候我还没有写《总结》的打算。而《西班牙主题变奏》这本书的主题似乎给了我一个合理借口，可以在书里谈论各种事物，于是我便这么做了。正如书名所暗示的那样，《总结》一书总结了我对人生历程中许多事物的思考。既是如此，书中多多少少重复了我在其他书里提到过的内容也是自然不过的，对于这一点我自己也很清楚。然而，《总结》的发行量远远超出了我的预期，因此我觉得应该在《西班牙主题变奏》中省略那些在《总结》里已充分论述过的内容，这方为明智之举。再说，我也十分乐意这样做，因为十五年之后，当我重读《西班牙主题变奏》的时候就发现：花费如此之多的笔墨论述与主题并不紧密相关的话题是构思上的一个错误。我对写作事业之艰难有充分的了解，明白在猎捕狐狸的时候就不该为追踪野兔而分心。

雷蒙德·莫蒂默在《新政治家》杂志上就《西班牙主题变奏》发表了一篇善意的评论。他觉得书中的一个章节繁冗枯燥。这一章节中引用了一本对话手册中的一大段话，这本手册是十六世纪一个叫作约翰·明舒的人写的，目的是教英国人一些他们在旅途中可能用得上的西班牙短语。我在文中插入了这段话，认为它能反映出那个时代的一个有趣的侧面。约翰形容说他的对话"愉悦而生动"，但普通读者未必与我的趣味一致，恐怕会觉得那些对话既不愉悦也不生动。对此我已有心理准备，所以就在修订版中略去了这段话，并替换上了其他内容。希望这些改动更符合莫蒂默先生的口味。

对莫蒂默先生提出的另一点批评，我却无能为力。我说过，这些文章反映了腓力三世统治下西班牙生活的方方面面，我所用的素材原本是为创作一部小说准备的，但因为某些原因我终究没有写成这部小说。我的评论家认为这纯属瞎掰。事实上，如果我没记错的话，他说以此作为创作一部书的借口实在难以令人信服，对于这样的借口他闻所未闻。我敢说事实就是如此，我不得不这么做。我无法相信任何作家愿意花费气力去读那么多西班牙语的书，这些书中的大部分枯燥乏味，书中的语言连今天的西班牙人都会觉得难以卒读。他们阅读除非是另有所图，那就是，为了写作。书中的素材原是为小说准备的，当我这么说的时候，并不仅仅是为了赋予这部书某种形式，让我可以自然地在不同话题间转换。最好的证据就是：多年之后，我虽未能按照原定计划创作一部小说，但却完成了关于这一时期的另一本书，书中运用了我所搜集的大部分素材。

我努力使批评者满意，当我重新阅读《西班牙主题变奏》的时候试图找到某种方式来处理莫蒂默先生觉得有毛病的地方。告诉读者如此这般是事实，这毫无用处，事实本身必须是合理的、站得住脚的。然而，整本书都围绕着一条主线，这条线索或许有点纤细，但我觉得它已经足够强大到能够承受相应的分量。正因为如此，我很快发现想要摆脱这一权宜之计的唯一方法就是把这本书从头到尾重写一遍，但我并不打算这么做。要是这本书没什么更严重的毛病，我想自己还是可以安于现状的。

我非常高兴能借这次机会向两位杰出的评论家致以真诚的谢意。与多年前奉献给大众的那本书相比，我希望通过借鉴他们的意见，修订出一个更佳的版本。

一

那时候,我住在塞维利亚一条名叫古兹曼·厄·布宜诺的街上。每每外出或归家时都会路过费尔南多先生开的酒馆。当我办完了上午的事,沿着热闹熙攘的塞尔佩斯街漫步时,会很乐意在回去吃午餐的途中顺道上酒馆喝上一杯曼萨尼亚雪利酒。夜凉如水的晚上,骑马在乡间兜了一圈之后,我牵着马在危险的鹅卵石路上行走,这时我常会在酒馆前驻足,叫男侍把马拴好,然后步入其中。其实那家酒馆仅仅是间狭长而低矮的屋子,因为屹立在街的一角,所以两面墙上都有门。酒吧间穿过整个屋子,吧台后面堆放着费尔南多用来招待客人的一桶桶酒。天花板上悬挂着一串串西班牙洋葱、香肠,还有被费尔南多誉为全西班牙最棒的来自格兰纳达的火腿。我想来上他这里光顾的主要是这附近人家的仆人们。圣克鲁斯这个区后来成为塞维利亚最优雅的地方:蜿蜒的白色街道,高大的房屋还有零星点缀着的几座教堂。很奇怪的是这里居然冷冷清清。倘若你清晨出门,可能会见到一位一袭黑衣的女士,在女仆的陪伴下去做弥撒;有时,一个牵着驴子的小贩会从这里经过,没有盖子的大驮篮里放着他的货品;或者是一个挨家挨户乞讨的乞丐,每到一扇通往院子的铁门前他都会拉开嗓门,用远古时使用的词句求人施舍。暮色降临,那些驾着两匹马拉着的四轮马车在公共大道上奔驰的女士们又回家了,大街小巷回荡着嘚嘚的马蹄声。随后,一切又陷入了宁静。这已是多年以前的事了。我所描写的是十九世纪的最后几个年头。

即使以一个西班牙人的标准来看,费尔南多也显得矮小,但他却很胖。他那圆圆的棕色脸庞上闪烁着汗珠,他总是蓄两天的胡子,从不多也不少。我真不知道他是如何做到这一点的。此人脏得令人难以置信。他有一双大而明亮的黑眼睛和极长的眼睫毛,他的眼睛可以同时是锐利、和善和活泼的。费尔南多爱开玩笑而且还颇为欣赏自己的“冷面幽默”。他说一口轻柔的安达卢西亚式西班牙语——摩尔文化的影响已经将卡斯蒂利亚语的刺耳声音从这种语言中清除了。在我的西班牙语学得相当不错之前,我觉得他说的话挺难懂。费尔南多是一名业余斗牛士,他常吹嘘说伟大的斗牛士格瑞塔时不时会进来跟他喝上一杯。费尔南多是个单身汉,独自和一个从孤儿院里领养的个头矮小面色苍白的男孩生活在一起。男孩子替他做做饭,洗洗杯子,扫扫地。这个男孩眼睛斜视的程度是我见过的人里最明显的。

费尔南多不仅出售你在塞尔维亚能喝到的最好的曼萨尼亚雪利酒,他还做点古董买卖。那正是我时常顺路去他那儿瞧瞧的原因。你永远不会知道他会拿出什么东西给你看。我猜想他的东西是从附近人家的一个心腹仆人那里搞来的。古董的主人们,手头暂时有点拮据,却骄傲地拉不下脸面把东西拿去店铺里卖。其中大部分的古董都小巧且易于携带:几件银器、缎带、饰有黄金的珍珠母扇柄的旧扇子、十字架、人造宝石的装饰品和巴洛克风格的古玩戒指。费尔南多很少能弄到家具,可一旦他弄到了,一个巴盖诺式的书桌或是一对布满饰钉有真皮坐垫的直靠背的椅子,他就会把它收藏在楼上他和收养的男孩共同居住的卧室中。我囊中着实羞涩,他也知道我只能买得起些不值钱的小玩意,但他喜欢向我展示他购置的古董,有两三回还把我带进了他自己的房间。为了把白天的热气和夜晚的有害气体挡在屋外,费尔南多把窗户关得严严实实,房间里肮脏不堪,散发出一股难闻的气味。两张小小的铁床放在房间对面的墙角里，一天中的任何时候你进去看，床铺都是没整理的，被单看上去也似乎已经有好几个月没洗过了。地板上丢满了烟头。当费尔南多用他那脏兮兮又粗又肥的手抚摸过椅子的木头时——三百年的使用已把它打磨得很有光泽——他的双眼会焕发出从未有过的光芒。他会在神龛沾满灰尘的镀金表面吐上一口唾沫，然后用手指在吐唾沫的地方擦拭，喜滋滋向你显示金子的好成色。有时候，当你站在吧台边，他会从台子后面摸出几对耳环，是那种古老的沉甸甸的三层叠加的西班牙式耳环，然后精心地把它们放置好，让你可以好好欣赏人造宝石的美丽和镶嵌的雅致。他对处理这样的事情很有法子，撩人而温柔，比起他可能说出的任何言语更能表达他对这些东西的款款深情。当他以西班牙女子才会发出的特有的"咔哒"声轻巧地打开一把古老的折扇——在查理三世作西班牙国王的时候，一位披着面纱的贵妇人曾坐在斗牛场中挥动过这把古老的扇子——然后给自个儿扇起风来的时候，你几乎会觉得，尽管他没什么知识，却对历史怀有某种朦朦胧胧令人喜悦的情感。

费尔南多的东西买得便宜，卖得也不贵。因此，在历时几天，常常是几个星期的讨价还价之后——我觉得我们都还挺喜欢这一过程的——我总能从他那儿一点一点淘到些物件，那些东西对我毫无用处，我渴望得到它们是因为由它们引发的联想可以满足我的想象力。就因为这个，我买下了一百五十年前去世的漂亮女子们用来调情的扇子，她们戴在耳朵上的耳环，戴在指上的稀奇古怪的戒指，还有她们挂在房间里的十字架。那些东西一钱不值，随着时光的流逝，它们全都被偷走，弄丢或是送人了。在我从费尔南多那儿买的所有东西里，只有一本书保留了下来，我当时并不想要这本书，是违背心愿将它买下的。有一天，我刚跨进酒馆的门，费尔南多就立刻走上前来对我说：

“我给你弄了些东西，”他说道，“这可是特别为你买的。”

“什么东西?”

“一本书。”

他打开吧台的一个抽屉，掏出一本小巧而厚实的书，封面是羊皮纸做的。我沉下脸来。

“我不要这个。”

“你倒是瞧瞧啊，这可是本古老的书，有三百多年的历史了。”

他翻开书，将扉页指给我看。的确如此，书的出版日期是在1586年，还有马德里的版本说明和出版社的名字：以阿朗索·高梅兹遗孀的名义，由C. R. M.出版社出版。

“这本书不值几个钱，”他接着说道，“给我五十个比塞塔，就归你了。”

“但我根本不想买，多少钱都不想。”

“这可是本有名的书。我一看到它就对自己说：吉尔勒莫先生会喜欢的。他是个有学问的人。”

“一派胡言。你还是把它卖给别人吧。我可不是藏书家，我只买自己看的书。”

“但你为什么不读这本书呢？它非常有趣。”

“我可不这么认为。”

“对一本有着三百年历史的书你都没兴趣？嗨，老兄，你可别对我说那样的话。你看，好几处页边的空白都有批注，背面也有批注，这都说明它是一本古老的书。”

的确，书中的很多地方都有某位读者做的记录，从笔迹上看很可能是十七世纪的，但我一个字也辨认不出。我翻了几页。书印刷精美，纸张结实，质地也好，但字体的排布过于紧密，读起来非常困难。我注意到古老的拼写和缩略语使这本书难以理解。我坚定地摇摇头，把书还给了费尔南多。

“四十个比塞塔，它就归你了，我自己买它还花了三十五个比塞塔呢。”

“就算是白送的我也不要。”

他耸了耸肩，叹了口气，把书放到一旁去了。

几天后，我碰巧骑马路过酒馆，费尔南多正站在门口叼着根牙签，他把我叫住。

“进来一下，我有点事要跟你说。”

我下了马，把缰绳递给男仆。费尔南多又将书放入我的手中。

“三十个比塞塔，我就让给你了。虽然这样我就会损失五个比塞塔，但我希望你拥有它。”

“但我并不想要这本书。”我抗议道。

“二十五个比塞塔。”

“不。”

“你不需要读它，把它放进你的藏书室。”

“我没有藏书室。”

“但你应该有个藏书室的，那么就从这本书开始建设你的藏书室吧。这是本很精美的书。”

“这本书算不上精美。”

它的确不够精美。尽管我知道我永远不该读这本书，但如果它是皮革封面的，配上金色的腰封，美观的对开页上有宽阔的空白，我可能会忍不住去读的。然而，这是一本又丑又小的集子，相对高度而言书过于厚了，羊皮纸的封面也已发皱泛黄。我决意不要这本书。但不知为什么，费尔南多坚持让我买下。从那以后，我每次去酒馆，他都会对我纠缠不休。他恭维我，哄骗我，乞求我的怜悯，呼吁我的正义感。他把价格降到了二十个比塞塔，又降到十个比塞塔，可我依然立场坚定。有一天，他得到了一尊圣安东尼的小雕像，显然是十七世纪的，雕刻涂绘俱佳，我立刻为之怦然心动。在历经了数个礼拜的讨价还价后，我们最终谈到了接近他准备出手的价位和我能够负担的价位之间的价格，其间的差距只有二十个比塞塔。具体的数目我忘记了。我想他的要价是一百三十个比塞塔，而我愿意出的价格则是一百一十个比塞塔。

“给我一百三十个比塞塔，雕像和书都是你的，”他说，“你永远不会后悔的。”

“见鬼的书！”我愤怒地喊道。

我付了酒钱，向门口走去。费尔南多叫我回去。

“听着，”他说。

我转过身。他朝我走来，一手拿着雕像，一手拿着书，肥厚的红嘴唇挤出一个逢迎巴结的笑容。

“一百二十个比塞塔，我就把这尊雕像卖给你了，书就算我送你的礼物。”

一百二十个比塞塔，这是我一直下决心能支付的最高价位了。

“我买了，”我说，“但你可以留下书。”

“书是礼物。”

“我不想要礼物。”

“但我想送你。这是我的荣幸。喂，老兄，你总不能拒绝一件礼物吧。”

我叹了口气。我输了，微微有些羞愧。

“我付你二十个比塞塔买这本书。”

“就算你给这个价，它还相当于是件礼物，”他说，“在马德里，你可以以两百个比塞塔的价格将它出手。”

他用一张脏兮兮的报纸将书包好。我付了钱，手上拿着书，臂下夹着雕像，走回家去。

二

经过一段时间之后，我把书归拢在一起，建了个藏书室。费尔南多逼着我买下的那本又矮又厚的小书也在其中找到了自己的一席之地。藏书室里的外文书籍都是纸质封面，英文书籍的封皮则是五颜六色的，但因为那本小书的形状和羊皮纸的封面，它总会引起我的注意。这本书倒不会令我觉得厌烦，因为它会帮助我回想起费尔南多的酒馆，夏日里塞维利亚的街道（街道上伸展出来的遮阳篷减弱了刺眼的阳光），还有曼萨尼亚雪利酒那凉爽而不太甜腻的口感。但是，我从未想过要去阅读它。直到一个落雨的午后，当我在群书间浏览时，恰巧注意到了这本书，便将它从书架上取了下来，随意地翻了几页。我本想读上一个段落，看看自己是否能明白。可是那一个段落就有六页纸之长。我觉得它并不像我预想中的那样难以理解。长长的“s’s”有点麻烦，还有“n’s”，省略的规则并不明显，而是通过在前一个字母上加上弯曲的短线来表示。字母“u”代替了单词当中的字母“v”，而如果“v”是首字母，有时则用字母“b”替代。这样就重现了十六世纪的发音方式。然而，我对这些规则并不熟悉，当我不得不猜测拼写为“boluer”的单词是否该读作“volver”的时候，那可真是个难题。书中有大量缩略语，拼写方式也古老陈旧。然而我发现倘若专心阅读的话，并没有太大的困难需要克服。在我看来作者的文字似乎很明晰清楚，他简洁地描述了他必须表达的内容。我把书翻了回去，从头读了起来。

这是一个很奇特的故事。故事的主人公是伯尔崔恩·雅内茨·德奥纳兹和他的妻子玛利亚·萨兹·巴尔达的十三个孩子中最小的那个儿子。伯尔崔恩先生是一个古老而光荣的家族的首领，他的妻子无论出身还是品德都与他十分般配。他们与基普斯高亚省最伟大的家族有联系。基普斯高亚是西班牙最惬意的地方之一，那是个多山的乡村，水晶般明澈的溪流冒着水泡，从绿色肥沃的山谷中穿流而过。在那里，冬季的寒冷尚可以忍受，而到了夏天，空气则凉爽而清新。伯尔崔恩的房子至今仍然保存完好，它坐落于一个被前后环绕的丘陵封闭起来的狭长山谷上。尽管视野因此受到了局限，但还算是宽广的。山丘的顶峰光秃秃的，到处都是石头，可是山的两侧却长有树木，在较低的斜坡上种满了一片片牧草、玉米和谷物。这是一幅晴朗明媚、色彩富丽的景致。一条小河从山谷间流淌而过，据说可能是为了靠近河边比较方便，才把房子修建在那个地点的。然而那是个动荡不安的年代，尽管这座房子不再是城堡——亨利四世和基普斯高亚的团体已经下令将城堡摧毁了——但在需要的时候仍可以利用它进行防御。这是一座四方形的建筑物，靠近地面的部分（十四世纪堡垒的遗迹）由灰色的未经装饰的石块建造而成的，但往上的部分是一个世纪之后修建的，军事风格已经淡化，是砖结构的，四个角落点缀有小巧的胡椒瓶状的塔楼，叫做“箭塔”。房子并不大，在英国也就相当于一座中等规模的乡间别墅。伯尔崔恩夫妇和他们庞大的家庭以及为匹配他们的身份所需要的仆人们都住在这座房子里，难免有些拥挤。伯尔崔恩地位显赫，他的继承人马丁娶了信奉天主教的伊莎贝拉女王①的宫女玛德莲娜·阿罗兹小姐，女王曾送给她一幅天使报喜②的画作为结婚礼物。新娘到达新家几天之后，惊讶地发现那幅画竟沐浴在水珠之

① 伊莎贝拉女王（Queen Isabella，1504—1541）：卡斯蒂利亚王国女王。后与阿拉贡国王斐迪南结合，统一了西班牙并共同执政。
② 天使报喜（The Annunciation）：指天使加百列奉告圣母马利亚，她将生育耶稣。

中。这件奇事在所有家庭成员中引起了巨大的震动。新娘丈夫的兄长佩德罗·洛佩兹是位牧师,他建议将这幅画送往村里的教堂供信徒膜拜。但马丁不愿意将如此伟大的珍宝送走,于是便提出在房子里修建一座礼拜堂,这样这幅神奇的画就可以妥善地被安置在神龛内了。

我所读到的故事里的主人公就是伯尔崔恩最小的儿子,在受洗礼时他被命名为伊尼高。当他还不过是个小孩子的时候,就被父亲送入宫廷,为天主教君王的财政大臣库维拉的堂·胡安·委拉斯开兹·库维拉服务。在当时,入宫当差可是份荣耀的差事。有地位的人从不认为将他们的儿子送到贵族家中作仆人是件有失颜面的事。侍童们伺候主人用餐,整理床铺,生火炉,扫地,为主人跑腿打杂。堂·胡安·委拉斯开兹是阿维拉省阿瑞瓦洛城的地方长官,阿瑞瓦洛城是卡斯蒂利亚王国国王胡安二世①留给她的寡妻,也就是伊莎贝拉女王的母亲的所有城市中的一座。阿瑞瓦洛城的徽章上有一座防御墙和一位骑士,骑士帽子上点缀着彩色羽毛,全副甲胄,身跨马背,手执长矛。年轻的伊尼高就是在这座小城里学习礼节、社会规范以及成为一名绅士所必需的才艺。出类拔萃的兄长们为伊尼高树立了优秀的榜样,又加上他自身英勇精神的驱动,伊尼高在成年以后就参军作战了。他力超同辈,为自己赢得勇士的美名。然而为他写传记的人在涉及他的这一人生阶段时往往一带而过。从他自己晚年不经意的言谈中,人们才了解到:一旦需要,他会立刻捍卫自己的荣誉;他热爱打猎;他有点像个赌徒。伊尼高是个相貌俊朗的年轻人,个子不是很高,但身材匀称。他有一双小脚,并为此颇

---

① 胡安二世(King Juan II of Castile,1405—1454):卡斯蒂利亚王国国王,女王伊莎贝拉一世的父亲。

感得意。他后来承认自己喜欢穿比较紧的靴子。他有着一头栗子色泛着淡红光泽的漂亮头发。他那双棕色的眼睛很大,动人心魄而炯炯有神。他的肤色白皙。鹰钩鼻虽是他面部最显著的特征,但又不至于大到对他的容貌有丝毫毁损。他优雅地穿着宫廷里的华美服装。随着英俊王腓力①和他的佛兰德斯的追随者们的到来,天主教国王斐迪南②质朴的生活习惯(除了依据惯例在隆重的场合外,他都保持着节俭的风格)终被极度奢华的风尚所取代。伊尼高有一副多情的面容,据说他是斐迪南国王的年轻妻子弗瓦的杰曼尼的情人——斐迪南虽以审慎著称,在伊莎贝拉女王去世后,还是娶了这位年轻的女子。法国的编年史家将她形容成一位“品行端淑美丽异常的王妃”,但是当时的另一位西班牙人却声称她其貌不扬而且跛足。他或许是带有些偏见的。“这位女士将盛大的宴请引入了卡斯蒂利亚王国,尽管卡斯蒂利亚人乃至他们的君主们在这件事上都节制适度,”他严厉地评论道,“任何花钱为她举办筵席酒会的人就是她的朋友。”她嫁人时只有十八岁(而斐迪南国王已经五十四岁了),喜欢娱乐消遣也不奇怪。伊尼高狂热地爱上了她。他穿戴上她的衣帽,为她写情歌。他真是位高尚得体的绅士。

伊尼高一直过着无忧无虑且风流倜傥的生活,直到他二十七岁那年,斐迪南国王去世了,他的遗孀也改嫁他人。于是伊尼高开始为纳泽拉公爵安东尼奥·曼里克效力,这位公爵是他家族的保护人。伊尼高参加了各种战役,雄心勃勃而且精力充沛。由于他在人

① 英俊王腓力(Philip the Handsome,1478—1506):神圣罗马皇帝马西米连一世的儿子,通过与卡斯蒂利亚女王伊莎贝拉和阿拉贡国王斐迪南二世之女王储胡安娜的婚姻,成为该王国的共同统治者之一,是哈布斯堡王朝在西班牙的始祖。

② 天主教国王斐迪南(Ferdinand the Catholic,1452—1516):又称斐迪南二世,原为阿拉贡国王,通过与卡斯蒂利亚女王伊莎贝拉一世的婚姻,成为统一的西班牙的第一位君王。他是西班牙专制制度的创始人,并不遗余力地推行天主教政策。

员管理方面很有天分，但凡遇到慎重之事，纳泽拉公爵就会交付他酌办。有一次，公爵派他去调解发生在基普斯高亚的争斗摩擦，伊尼高成功地解决了纠纷，令相关各方都很满意。查理五世①最初统治西班牙的时候犯下了一连串的错误，以至于他的新子民们要起来造反。于是法国国王便利用这一机会发动了对西班牙的战争，一支法国军队进入了纳瓦拉。纳泽拉公爵时任西班牙大军统帅，他命令卫戍部队留在潘普洛纳城中，然后就从国土上撤离了。法国军队包围了城市，伊尼高所在的卫戍部队的军官们看不到任何救援的希望，便起了投降的念头。可是，伊尼高反对众人的判断，他通过强有力的说服使军官们像他一样充满斗志，下定决心拼死抗击。然而，在一次进攻的过程中，他被一枚炮球击中右腿。与此同时，墙上石块的碎片又击伤了他的另一条腿。他倒下了，在他的勇气鼓舞下持续作战的军队也失去了信心，向法军投降了。

法军进驻了城市。当法国人来到伊尼高面前并发现了他是谁的时候，他们因为感动而产生了怜悯之心并照料起他的伤势来。为了使他得到更妥善的照顾，法军统帅宽宏大量地下令尽快用担架将他抬回住所。伊尼高还没到家，右腿的伤势就开始恶化了。医生们认为要治好他的腿就必须再次把骨头截断。手术做完了，病人承受了巨大的痛苦。可是在手术的过程中，他却面不改色，没有呻吟，丧气的话一个字也不说。但他并没有好转，康复的希望也十分渺茫。伊尼高得知自己处境凶险，于是他做了告解并领受了病人傅油圣事②。然而就在那个夜晚，他一向虔诚信仰着的圣彼得出现在了他

---

① 查理五世(Charles Ⅴ,1500—1558)：英俊王腓力与卡斯蒂利亚的胡安娜之子，斐迪南国王与伊莎贝拉女王的外孙。

② 病人傅油圣事：在天主教会七件圣事之一，专为坚强及安慰那些忍受病苦的人而设立的。届时圣事职员用油敷抹病人，并诵念礼仪书中所规定的经文；教会借以将重病的人托付给受苦难和受光荣的基督，并求祂赐与安慰和拯救。

面前,使他重获健康。他的骨头开始复位,人也变得健壮起来。医生从他的一条腿上取出了二十片骨头碎片,因此这条腿比另一条腿短了一截,还有些畸形。他既不能行走也无法站立。膝盖以下的一根骨头不雅观地突了出来,这令伊尼高感到很痛苦,于是他便询问医生们该如何矫正。医生们告诉他凸起物是可以切除的,但手术会带给他一辈子从未承受过的巨大痛苦。伊尼高本打算依靠双臂行动,可他是虚荣的,因为想穿上当时流行的帅气靴子,便不顾医生的迟疑坚持要动手术。他不同意被捆绑住,觉得这样做有损自己豪放大气的精神,于是就忍受着疼痛,一动不动,一声不吭。凸起终于消除了,后来通过使用手推车和其他器械(令他受了可怕的苦痛),他的那条腿逐渐伸展变直了。但它永远也不可能和另外一条腿一样长,从此以后,他一直一瘸一拐地行走。

为了打发在家中休养的无聊光阴,伊尼高提出想要阅读自己喜爱的骑士小说,但不巧的是在他的房子里根本没有这样的书。他只好看那里有的书,也就是《基督的生平》和记载圣人事迹的《圣贤花絮》。开始时,他只是无心地翻阅,但没多久就被深深打动了,并产生了仿效书中人物创立伟业的渴望。可他无法立即将过去忘怀,战争功勋的回忆、宫廷中愉快的任职经历以及关于爱情的种种遐思萦绕在他的脑海中。上帝与恶魔争夺着他的灵魂。伊尼高发现每当他想起神圣的事物时,心中就充满欢喜。相反,每当他想到世俗的事情时,就会觉得满心不快。此事足以令他决意改变自己的人生。对他而言,最痛苦的折磨就是将徒然追求的爱情从充满思慕的心灵中撕扯而出。一天晚上,当他像往常一样从床上起身做祷告的时候,怀抱孩子的圣母马利亚出现在他面前。从那时起,他彻底摆脱了困扰着他的肉欲之念,直到生命的尽头都毫无瑕疵地保持着灵魂的纯洁。

伊尼高的兄长以及家里的其他人都注意到他与从前不同了，尽管他保守着秘密，举止行为却发生了改变。他们一定已经猜到某件异常古怪的事情正在发生，因为当这位年轻的军人最终下定决心追随耶稣的足迹时，房子在猛烈的撞击中动摇起来，坚固的石墙完全裂开了。人们注意到伊尼高如饥似渴地阅读（这种活动对于他这样的出身来说自然是不合适的）还做祷告，他不再喜欢开玩笑了，讲话时严肃而慎重，谈的都是宗教话题。伊尼高写了很多东西。他是一名出色的抄写者，有一本装订优美的本子，上面记录了耶稣、圣母马利亚和圣徒们的光辉的名言和事迹。他用金色的字母书写耶稣的言行，用蓝色的字母记录圣母马利亚的言行，并依据他对圣徒们的信仰，用其他颜色书写他们的言行。他在这样的工作中感到满足，但没有什么比对天籁和星辰的冥想更令他觉得充实的了。这样的冥想使他轻视天空星辰下无常易变的万物，而是燃起了对上帝的爱。伊尼高终身保持着这个习惯，为他写传记的人讲述了他在晚年仰视天空时是如何始终专注于那番景象以至于喜不自胜的。当他重归自我的时候，泪水从眼中喷涌而出，心中满是喜悦，他说道："当我仰望苍穹的时候，尘世显得多么卑劣而低下，不过是泥土与粪便。"他决定一旦身体康复就前往耶路撒冷。在成行之前，他决心通过斋戒以及不同形式的忏悔和体罚来残害自己的肉体。他追求一种生活方式，在这种生活里，他通过践踏脚下的世俗之物和人间的浮华，严厉地惩罚自己，从而向救世主耶稣赎罪。

当他最终完全康复准备踏上朝圣之旅时，伊尼高知道家里人一定会反对，于是他编造了一个离家的借口，说是想去拜访他的保护人纳泽拉公爵。在他生病期间，公爵曾几次派人前来问候。但他的兄长马丁怀疑此行并非出于礼节而是另有其他目的，他把伊尼高叫到一旁。

"亲爱的弟弟,你身上具备一切伟大的素质,"他说,"你的智慧,你的判断力,你的勇气,你的出身,你的容貌,你对大人物的影响力,这个国家挽留你的一片好意,参战的价值和经验,理性与审慎,青春少壮的年纪,以及所有人基于这些事实对你远大前程的期盼。你怎么能凭着一时兴起,愚弄我们所有人,使我们合理的愿望落空,剥夺这个家族因为你的胜利而获得的荣耀,伴随你的奋斗而得到的利益和奖赏呢?与你相比,我只有一点优势,那就是我出生比你早;但在其他方面,我承认你都胜过我。我求求你了,比我生命还宝贵的弟弟,看看你所做的,千万不要选择一条不仅欺骗了我们,还会使整个家族永远蒙羞的路呵。"

伊尼高几乎没有回答。他只说自己不会忘记高贵的出身,并保证他不会做任何令他的家族蒙受耻辱的事情。他在两个仆人的陪伴下启程了,但随后就用礼物将他们打发走了。伊尼高最近的目的地是蒙塞拉特。自离开父亲家的那天起,他每夜都要鞭笞自己。伊尼高渴望从事伟大而艰难的事业,他严厉地苦修身体,因为圣徒们——也就是他努力效仿的楷模——正是以这种方式为自己免除罪过的。伊尼高这么做的目的与其说是为自己赎罪,不如说是为了取悦上帝。在沿途的某个地方,一个摩尔人①追赶上他(当时在瓦伦西亚和阿拉贡王国仍然有许多摩尔人),两人同行了一段时间。他们开始交谈,不久便讨论起了圣母马利亚的贞操问题。摩尔人承认马利亚在耶稣诞生时以及之前都是圣洁的,但否认她后来仍旧保持着贞操。伊尼高尽其所能地希望能让他醒悟,但那摩尔人十分无赖,根本听不进任何劝说。摩尔人继续骑马前行,伊尼高十分茫然地留在那里。他无法确定自己的信仰和基督教的慈悲是否要求他

① 摩尔人:中世纪时西欧西班牙人和葡萄牙人对北非穆斯林的贬称。

追随那个家伙，并将无耻放肆的他刺死。他是个战士，一丝不苟地维护着自己的荣誉，他认为一个信仰的敌人竟敢当着他的面如此不敬地谈论圣母马利亚就是对他本人的公然侮辱。在经过激烈的思想斗争之后，他决定将此事交由上帝裁定。他决心继续前行，直到十字路口。在那里，他将松开马脖子上的缰绳。如果马沿着摩尔人走过的路前进，那他就会跟随其后置他于死地。但如果马选择走另外一条道，那么他就会放摩尔人一条生路。于是伊尼高就这么做了。他的马避开了摩尔人骑马走过的那条宽阔平坦的道路，而选择了另外一条路。上帝已经作出了裁决。伊尼高终于到达了蒙塞拉特附近，他来到一个小村庄，在那里为自己购置了朝圣之旅所需的一些微薄之物：一件拖到脚踝的质地粗糙低劣的长袍，一条作腰带用的绳子，一双帆布鞋，一根手杖和一个饮水的容器。

蒙塞拉特是一个本笃会①的修道院，那是一个不断有奇迹发生的著名胜地，而来自各地祈求圣母帮助的人群也十分壮观。伊尼高刚到达，就去找了一位告解神父，连续做了三天的总告解②。然后他将马送给了修道院，并把剑和匕首放在圣母的祭坛前。夜幕降临，伊尼高到了一个穷人那里，把自己所有的衣服，甚至衬衫都给了穷人，自己则穿上刚买的粗糙长袍。伊尼高在有关骑士精神的书中读到，根据习俗新受封的骑士必须携带武器守夜，于是作为耶稣新加封的骑士，他一整夜都在圣母像前凝望。他为过去犯下的罪恶痛心地流泪，并决心从今开始修正自己的生活。为了不让别人知道去

---

① 本笃会：本笃会是天主教的一个隐修会，又译为本尼狄克派，是在529年由意大利人本笃所创。本笃手订会规，规定会士须“发三愿”，即不得婚娶，不可有私财，一切服从长上。除每日按时进堂诵经、祈祷外，余暇时须从事各种劳动。此会规嗣后成为天主教修会制度的范本。会士誊抄古籍从事宗教艺术与教育事业，对保存欧洲古代文化遗产有所贡献，尤重视教会音乐，擅长咏唱格列高利颂调，此传统保持至今。

② 总告解：天主教徒将某时期内，未告过或已告过之罪，全盘告明，以示谦虚认罪决心。

向,伊尼高在黎明到来之前离开了修道院。他没有走通往巴塞罗那的大路(从那里自然可以乘船前往意大利),而是以最快的速度赶往被群山环抱着的一个叫做曼雷沙的小村庄。伊尼高身穿朝圣的服装,但由于伤口仍然困扰着他,他就给一只脚穿上了鞋。走了没多远,他就发现有个人跟在后面喊他。那个人问他是不是真的把华丽的服装都给了乞丐。因为当人们看见乞丐穿着那么好的衣服时,都怀疑是偷来的,把他扔进了监狱。伊尼高承认自己的确把衣服给了乞丐,可当那个人询问他是何人从何方而来时,他却缄默不语。

在曼雷沙,伊尼高隐瞒了自己的身世以及先前的生活方式,他在一座穷人的医院住了下来。在世俗生活中,他曾很在意自己的容貌并为自己漂亮的头发而得意,他以前习惯留着长发。现在他不再关心自己的外表,将头发剃光,任胡子、指甲变长。每天,他都要鞭笞自己三次,跪上七个小时;每天,他都去做弥撒、晚祷和夜祷;每天,他都去祈求施舍。但他既不吃肉也不喝酒,只靠面包和水维生。他躺在地上睡觉,夜里大部分的时间都在祷告。他小心地克制自己,拒绝任何能带来肉体欢愉的享受。尽管伊尼高是一个坚忍顽强的人,可没多久,严酷的苦行使他变得无比孱弱。一天,他和一群乞丐模样的人待在医院,身处贫困与肮脏中,他不禁问自己:"你在这个臭气熏天乌七八糟的地方干什么?你为何穿着得如此狼狈有失体面?难道你没发现么?因为与如此低下的人结交,言行举止变得像他们一样,你玷污了家族的荣誉。"伊尼高知道那是魔鬼的声音,他靠近了那些穷人,强迫自己以更加友善的方式对待他们。另一天,当他精疲力竭的时候忽然产生了一种想法,他无法忍受这种可能要持续七十年的比野蛮人的生活还要糟糕的生活,如此残酷而悲惨的生活。"但是,"他对自己说,"七十年的忏悔与永恒比起来又算什么呢?"一段时间以后,曾被伊尼高当作慰藉的灵魂的平和也离他而去了，他的内心感到非常干枯乏味，精神也似乎变得萎靡不振了。他祷告，却得不到满足或安慰。他被重重顾虑困扰，觉得在总告解中没有能说出他本应该说的话。良知谴责着他，他只得在痛苦的泪水中熬过漫漫长夜，深受焦虑的磨折。有一次，当伊尼高离开医院住在一个多明我会①的修道院时，他感到无比绝望，甚至想把自己从房间的窗户里扔出去。幸亏他曾经读过《圣贤花絮》，他回忆起一位圣徒的例子，那位圣徒因为对上帝有所祈求，便决定一直绝食到上帝满足他的要求为止。伊尼高仿效那位圣徒，决心不吃不喝直到获得他所渴望的心灵的平静为止。整整一个星期，他滴水未进。在这段时间里，他依然每天跪着祷告七个小时，鞭打自己三次，并继续以前常做的其他祈祷。在经历了这一切之后，伊尼高觉得自己足够坚强可以持续进行下去，但是他的告解神父命令他进食，如果他不吃就拒绝给他赦罪。他停止了绝食，没多久就完全卸下了心头的顾虑。他将有关过去罪恶的记忆埋葬，再也没有为之烦恼过。

上帝赐予了这位忏悔者更多的恩典。有一天，当伊尼高在圣多米尼克教堂的台阶上祈祷的时候，他的灵魂得到了提升，他亲眼目睹了圣父、圣子、圣灵三位一体的形态。这一景象使他的心灵充满了极大的安慰，他既不能思考也无法言语。他用丰富的道理、比喻和例证解释了这一奇迹，所有聆听的人都充满崇敬和惊奇。当他祈祷的时候，时常会感觉到耶稣神圣的博爱，有时还会感知到光荣而神圣的圣母马利亚。一天，伊尼高在曼雷沙附近漫步，沉浸在对神圣事物的思索当中。他在一条小溪边坐下，凝望潺潺流水。忽然

① 多明我会：天主教托钵修会之一，意为布道兄弟会。因其会士戴黑色风帽，故又被称为黑衣修士。1215 年西班牙贵族多明我创立于法国南部。由于宣传“清贫福音”，劝人民放弃反教会反封建斗争，而受教皇委派，主持异端裁判所。18 世纪后趋于衰弱。多明我会强调圣母马利亚亲授之《玫瑰经》，并加以推广，现今已是天主教徒最普遍传诵之经文。

间，他将双目睁开，以一种全新的、不同寻常的眼光审视万物（并非具体感觉上的，而是以一种更高层次的精神上的方式），就这样他不仅理解了信仰的奥秘，而且洞察了全部知识的玄机。在生命即将终结的时候，伊尼高很肯定说他后来通过学习或神奇的恩赐所获得的知识都不像在神灵启发那一刻得到知识那么圆满丰富。

一个星期六，伊尼高像往常一样忙于做祷告，忽然间他昏厥了过去，周围的人都以为他死了，差点要把他埋葬，幸好有个人在给他诊脉时观察到他的心脏还在跳动。他一直昏迷到下一个星期六才从甜美的睡梦中苏醒过来。

身体的过度辛劳和灵魂的不断斗争使伊尼高精疲力竭，他觉得自己不得不休息一下。然而，呈现在他眼前的景象实在太令人惊奇了，这样的安慰无比甜美温柔。他原本分配给睡眠的时间就很短暂，但即使在这么短暂时间里他也无法入眠，而是在激动与喜悦中度过漫漫长夜。他病入膏肓，对生命已不抱什么指望。就在他准备赴死亡之约的时候，魔鬼撒旦向他暗示：作为一个公正虔诚的人，他无需对死感到恐惧。这令伊尼高心惊胆战，他竭尽全力与之抗衡，通过反省以往的罪恶，试图在上帝的慈悲下将魔鬼的希望从心中铲除。在稍有气力说话时伊尼高恳求身边的人，当他们满怀关切地看到他在死亡的痛苦中挣扎时就对他说："噢，可怜的罪人啊，噢，不幸的人，想想你曾犯下的罪恶吧，想想你令上帝不悦的冒犯。"稍稍康复一些，他立即继续以往的苦修和严峻的生活。在战胜自我的不屈不挠意志的激励下，伊尼高自愿承担着远远超出他那疲惫的身躯所能忍受的重负，并一次又一次地身染重疾。直到最后一次，他的胃疼痛不已，加之当时又是天寒地冻的冬季，他这才勉强穿上足以御寒的衣服。就这样度过了大半年，伊尼高终于等到了可以出发前往耶路撒冷朝圣的那一天。有人提出愿意陪他同往，还有人建议他既然没有会说意大利语或拉丁语的人充当向导和翻译,就不要去尝试如此漫长而艰难的旅行了。可是伊尼高渴望与上帝独处,认为这样或许就可以毫无障碍地与上帝交流了。他对上帝坚信不疑,不愿意因为依赖他人的帮助而辜负了这份坚定。他踏上了前往巴塞罗那和追寻遥远目标的旅程,除了上帝之外别无他人的陪伴。

这就是西班牙贵族青年奥纳兹的伊尼高早年的生活,在历史上人们称他为圣依纳爵·罗耀拉。读者应该早就已经猜出来了,因为我说的这个故事家喻户晓。我从费尔南多那里极不情愿地买下的那本书是有关罗耀拉的生平的。它是耶稣会①的佩德罗·德·里瓦德内拉神父在罗耀拉去世后不久写的。

① 耶稣会:为天主教的主要修会之一,1534年由西班牙人依纳爵·罗耀拉创立于巴黎,旨在反对欧洲的宗教改革运动。仿效军队纪律制定严格会规,故亦称"耶稣连队"。会士除严守"绝财"、"绝色"、"绝意""三愿"外,还应无条件效忠教皇,执行其委派的一切任务。为便于深入社会各阶层,取消专门会服,不住修道院,通过讲道,开办学校、医院,担任官职和王侯的"神师"(听告解神父)等进行各种活动。18世纪资产阶级思想家曾予以抨击,欧洲一些国家曾加以取缔。1773年被迫解散,1814年又予恢复,该会在其后发展为天主教最大的修会。

三

我很早以前就知道潘普洛纳这个地方。它伫立于高山之上，周围环绕着低矮的丘陵——在蓝天的映衬下它们显得苍白暗淡。山丘的斜坡上种植了庄稼，到处是一片片的玉米地，另外还有一片片小麦收割后留下的干燥土地。农民们肯定要不停地辛勤劳作才能从那样山石嶙峋的土壤里艰难地收获些粮食以维持生计。除了白杨木，平原上几乎不长什么树木。那里有一小片白杨树林，树木比肩而立，分布稀疏，略带着一种羞涩的热情。它们的样子会令你联想到一群瘦高的神学院的学生聚集在演讲大厅的门前欢迎刚获信仰辩论胜利殊荣的神学博士的情景。

潘普洛纳是个不大的省城，也没什么可以吸引游客之处。宪政广场已经被更名为共和广场。广场四周的咖啡馆是当地居民消磨光阴的场所，他们坐在遮阳篷下，面前放着已经喝空了的玻璃杯，一坐就是一整天。广场中央是个露天演奏台，毫无疑问，总有一天共和国第一任总统的雕像会坐落此处。中世纪小城狭窄崎岖的街道已经被拓宽并伸直了，商店里的窗户也都镶上了厚玻璃板。房屋都建有塔楼，女子们一直坐在楼上，一边俯视楼下的街道，一边缝缝补补，闲话家常。头顶的天空中布满了蛛网状的电报线、电话线和电灯线。以往，形形色色的手艺人会在街头各占一个角落做活计，这番景象如今已不复存在了。可是在大教堂后面的城墙上，你或许还能看到制作绳索的工匠用流传了几个世纪的方法做绳子——用从奶牛的牛角里提炼出来的油润滑他们的梭子，你或许还能看到制作登山帆布鞋的工匠们拼尽全力工作的情景。

从清晨到深夜，小城里喧嚣不绝：汽车喇叭的嘟嘟声，排气装置的噼啪声，自行车铃的叮当作响，马车经过鹅卵石路时发出的辘辘声，驴儿嘶叫和蹄声嘚嘚，钢琴弹奏出的旋律和留声机发出的刺耳响声，特别是人们兴高采烈谈话时拉高的嗓门所发出的尖利的声音，就仿佛是这尘世喧嚣持续不断的伴奏。在伊尼高受伤后接受治疗的地方，人们修建了一座小礼拜堂，在它的旁边又建了座教堂。小礼拜堂里有一幅圣徒伊尼高的画像，他躺在地上，同伴们正为他医治受伤的腿。一个骑着白马的男子漠然地注视着这一幕，有一位天使却在受伤的英雄上方盘旋，为他的病情而焦虑不安，画面的背景是令人望而生畏的城墙。小礼拜堂旁边的那座教堂是我所见过的教堂里最丑陋的一座。里面的装饰品会让人想到和平大街香水店里的点缀。整个建筑极其简陋，看上去好像根本没花钱装修过似的。我无法相信宗教艺术的沉沦还会有比这里更加严重的地方，也无法相信虔诚的天主教徒会认为这座教堂没有被地震夷为平地是上帝无限隐忍的显著例证。在城市的扩建中，大部分城墙被毁坏了，但遗留下来的部分却震撼人心。腓力二世好像重新修建过这些城墙，从那时候起这座城市就固若金汤。一条小河从城墙底部流过，河边是树木丛生的草地，形成了一片宜人的阴凉。那里有成群的游人——有的在岸边垂钓，还有人坐着闲聊——如此美好的图景，让人不禁联想起法国印象主义画派的作品。

但我从未去过罗耀拉、阿兹佩蒂亚或曼雷沙，这三个城市都与耶稣会的创立者密切相关。在读了伊尼高的故事之后，我决定去探访这些地方。伊尼高就是在阿兹佩蒂亚受洗的，在教堂里你可以看到仪式所用的洗礼盆。木制的装饰品和雕刻的顶部把教堂点缀得格外美丽。在教堂的两侧是石头做的洗礼盆，原本是打算让这附近的居民以后为他们的孩子进行洗礼时用的，但人们仍坚持要用圣徒曾用过的洗礼盆。教堂的看守人会以宽容的口吻告诉你，人们这样做是希望子孙后代都能分享伊尼高的圣洁。罗耀拉距离阿兹佩蒂亚不到一英里的距离，如今只要沿着一条宽阔的林荫大道一路前行就可以到达那里。你一直行驶就会来到圣依纳爵的雕像前。长方形教堂的精美门廊正对着你。这座教堂是按照十七世纪耶稣会的风格建造的，装饰得异常华丽，一段台阶引导游客走向主殿。教堂的内部高贵而庄严。罗耀拉家族的祠堂就在教堂的左边，坐落于雄伟的石建筑群的包围中。祠堂的外部仍保持着旧时的样子，但里面的房间已被改建成礼拜堂了：墙壁用大理石镶线，窗户也嵌上了彩色的玻璃。一段气派壮观的新楼梯取代了原先的旧楼梯，木制栏杆具有八十年代的那种华丽风格。在楼上，你可以看到伊尼高小时候与他的一个兄弟共同生活过的房间。隔壁是一间低矮宽敞，有着巨大房梁的屋子，伊尼高养病期间曾在这里读书祈祷。在房间的一张金制的长凳上安放着伊尼高的塑像：他身着最体面的衣装，背靠软垫，手拿一本书，显现出皈依上帝那一刻的样子。那里还有一个供贵宾祈祷用的大理石祭坛，十分宏伟可也无比丑陋。

随后，我便前往曼雷沙。开车穿行过那个阳光充沛的村庄是件愉悦的事情。小镇呈现的色彩虽没有法国风景画的那种柔和的淡雅，却更加深邃而丰富。明亮的蓝色天空上飘浮着小片静谧的白色云朵。山丘上覆盖着松树，松叶在阳光下绿得格外灿烂。还有几株松树和矮小的橄榄树稀疏地生长在小镇周围。你可以沿着一条水流迅急的小河步行，河边种植着芦苇、白杨和山毛榉。当小河流经小镇时就变得平和起来，似乎到了那个宁静的地方它也不宜匆忙赶路了。一座纤巧的小桥横跨河流两岸，小桥虽朴素却十分雅致，桥洞很高，在中部突起。河两岸是密密麻麻的屋舍，陈旧高耸的房子有敞开的凉廊，人们把洗净的衣裳挂在里面晾晒。

圣依纳爵正是在曼雷沙撰写了那本影响巨大的小书——《精神修行》的初稿。游客可以看到传说中这位圣徒在写作时栖身的岩洞。岩洞位于一个多石的山丘的一侧,从山上远眺,可以欣赏到蒙塞拉特修道院的壮观景色。天气晴朗时,修道院看上去锋利挺拔,而在薄雾中则显得奇特神秘。那座山洞很浅,却高而深远,洞里崎岖不平,洞口敞开,可以看见风景。这里永远不可能完全与世隔绝。现在,岩洞口安装了粗壮的铁栅栏,岩洞之上修建了一所耶稣会学院和一座教堂。可如今耶稣会的教士们已被驱逐离开,那两座建筑也被上了锁,人们是无法入内的。

《精神修行》是一本要怀着敬畏之心阅读的书。因为人们必须记住它是耶稣会维持其几个世纪以来统治地位的有效工具。书上有四百条注释。教皇、红衣主教和主教们都赞扬过它。教皇利奥十三世说:“这是我灵魂的养料。”即使在与伊尼高同时代的人看来这些修行也是不同寻常的。这位圣徒在写作的时候没有受过任何教育,人们通常认为这些修行是源于一种超自然的力量。圣母马利亚也证实了这一点。她出现在玛利亚·埃斯科巴女士面前并且明确地告诉这位夫人,自己是圣依纳爵写作时的助手和导师。其实在伊尼高成书的前几年,蒙塞拉特修道院的院长——西班牙僧侣希斯内罗丝的弗朗西斯科·加西亚曾发表过类似的作品,书的题目也与伊尼高的那本书几乎一样。但出于某种原因,伊尼高和圣母马利亚这位著名的合作者对这一事实绝口不提。在鲁道夫所写的基督传记中也有多处与《精神修行》雷同,看来这对合作者难避抄袭之嫌。很多人对此感到不安,可这种不安在我看来实在荒唐。我对待这种冒犯持宽容的看法。我们作家从不同的来源获取素材(吾自适宜处取吾所需),事实上是我们只有在身不由己的时候才会承认对他人成果的借鉴。我想圣母马利亚不仅将有趣的材料口授于圣依纳爵,也应该告诉了蒙塞拉特修道院的院长和加尔都西会教士鲁道夫。作家们彼此之间也会有转述,而且一旦他们有了感兴趣的想法,就善于以此大做文章。

这本书完整的题目很感人:《精神修行:为了战胜自我以及摆脱过分的欲望从而规范生活》。多么崇高的目标!这位与众不同的人究竟制定了怎样的方案才能完成如此艰难的过程呢?只有迟钝的头脑才不会感到好奇。尽管伊尼高借鉴了他人的方法,但这本书显然是他自身经历的成果,书中的每一页都带有他坚忍不拔的个性痕迹。

修行分四个星期进行,但每个星期持续的时间有长有短,而且必须在导师的指导下完成。修行的根本主旨鲜明:“人类被创造出来是为了赞颂、崇敬及服务我们的主——上帝,从而使灵魂得到救赎。世间其他万物均为人而存在,是为了帮助人类达成生存的目的。此书由此得出结论:人类应当利用有助于其完成目标的事物,而远离妨碍其达成理想的事物。因此,我们必须对世间万物保持超然的态度(对一切由我们的自由意愿决定的事物),这样我们就不应该期望自己拥有健康而非疾病,财富而非贫穷,荣耀而非耻辱,长寿而非短命,在其他任何问题上,我们应当只渴望并选择那些能够更好地引领我们通往我们存在目的的事物。”

书中给出若干条戒律,帮助修行者凝神聚气,从而达成所望。

“……上床之后,在使自己平静下来准备入眠之际,在吟诵圣母经的间隙,想一想何时应该起身,起身的目的,扼要地重述必须要完成的修行。”

“……醒来的时候……立即专注于午夜的第一个修行所要冥想的内容,举例反省自身的种种罪过,就如同某个被传讯到国王和大法庭面前的骑士,想到自己曾获得许多赏赐和恩惠,如今却铸下大错，内心深受羞愧和困惑的折磨。”

在修行者到达进行冥想的场所之前，会被要求站着默念主祷文，然后他便进入沉思，“跪下，俯卧于地，仰面躺下，坐起，站立。”在这一过程结束之后，他会用一刻钟的时间——坐着或散步的方式皆可——去思考他的收获。他必须避免想到令人愉悦的主题，因为享乐的念头会妨碍对其自身罪过的悲痛体悟。他必须远离明亮的光线，除了祷告、阅读和用餐的时候外都要关门闭窗。他不可以笑，也不能说任何引人发笑的话。他受命以苦修的方式赎罪：一种是内心的苦修，即哀悼自身的罪过，并抱着绝不再犯这些或其他错误的坚定目标；另一种则是外在的苦修，也就是对所犯下的罪过加以惩罚。惩罚有三种方式。“第一种与食物有关：换句话说，取走多余的食物，这并非苦修而是节制。苦修是取走与我们的必需量相称的食物。在不损害体质或引起显著病症的前提下，取走的越多，苦修就越艰巨，其效果也更佳。第二种方式与睡眠的多少有关。同样地，取走精致柔软的奢侈品并不是苦修，就睡眠而言，只有减少了适宜的睡眠时间才是苦修……第三种方式是责打肉体，也就是说，通过穿刚毛衬衣，绑绳索，在赤裸的身体缠上铁链，鞭打自己，伤害自己，或是其他的苦行手段使肉体承受巨大的痛苦。苦修中似乎比较适当和安全的一点在于它只是让肉体感觉痛苦，而不会刺穿骨头，它可能引起疼痛却没有杀伤力。因此在鞭笞自己的时候，应当使用会带来皮肉之痛的细绳，而不能采取会造成严重内伤的其他方式。”

苦修首先要进行一个预备祈祷和两个前奏。第一个前奏被称作“情境构想”。修行者为自己构想一个情境画面作为冥想的主题，比如发现耶稣的寺庙或高山。在对无形的事物如同对罪恶进行冥想的时候一样，“构想应该以想象力的眼睛去观察，想象自己的灵魂被束缚在腐朽的躯体中，而整个自我在这烦恼的人世间苟且就如同被放逐于野兽群中。”

在第二个前奏中，修行者会被问到他希望从冥想中获得什么。如果他冥想的内容有关基督复活，就要求他能设身体会耶稣的欢欣；如果他的冥想是关于基督受难的，那么就要求他能够体会耶稣遭受折磨时的疼痛、泪水和煎熬。苦修以一个对话作为结束，在对话中修行者必须想象自己正面对耶稣被钉在十字架上。对话就“如同一个朋友在向另一个倾诉，或一个仆人向他的主人汇报，首先寻求帮助，然后为自己的罪过自责，再谈谈自己的事情并询问建议”。

主祷文为苦修画上了一个圆满的句号。第一周共要进行五次修行。第一次修行是针对天使的罪过，亚当和夏娃的罪过以及凡夫俗子们不可饶恕的大罪。第二次修行要求修行者反思自己的罪过。第三和第四次修行重复前两次的内容。而第五次的修行则是关于地狱的。

我有一本西班牙文版本的《精神修行》。书的编者，好心的雷蒙·加西亚神父设法为修行者指明了一条较为容易的道路。他用大量的细节向修行者描述了“处境构想”，并为他们提供了沉思的素材，使冥想成为一种并不艰苦的智力修炼。当谈及地狱的冥想时，这位神父发挥了西班牙式的现实主义想象力。他说，地狱就仿佛异常黑暗的监牢或烟雾缭绕的洞窟。忏悔者必须通过想象力的眼睛看到骇人的怒火，看到被桎梏于熊熊烈火中的魂灵。“看哪，”他呼喊道，“看那不幸的人们在燃烧的火焰中痛苦挣扎，毛发竖立，双目凸起，形容惨烈，双手刺痛，他们承受着甚至比死亡还痛苦千万倍的酷刑与熬煎。看那面目狰狞的魔鬼们吧，现在它们不再以享乐的念头去诱惑那些可怜的人了，而是像残忍的施暴者一样折磨着他们。看看魔鬼们是怎样嘲弄、殴打、猛击那些人，并在无尽的狂暴中将他们撕裂的吧。如今，那些人已经成了魔鬼的奴隶，只能听凭魔鬼的摆布，正如在俗世里他们受魔鬼的驱使犯下种种罪恶。用你的耳朵去听一听那些恶魔般的地狱里传出的永不停歇的骚动和混乱声。倘若当一座房屋被大火夷为平地时会引起一片哭天喊地和慌乱骚动，那么当数不清的人在燃烧的大火中挣扎时会发出什么样的嘶喊？”现在忏悔者通过努力的想象并运用他的嗅觉，可以感受到地狱里散发出的硫黄味的硝烟和恶臭气。那种瘟疫似的空气令人厌恶。那是没有通风孔的监牢才有的臭味：比地牢发出的蒸汽还难闻，比一座打开的坟墓的深处还令人作呕。地狱里的人身上爬满了蛆虫，腐烂得比尸体还严重，以至于一具躯体就可以毒害一整座村庄。“这样一座挤满了如此之多令人憎恶的肉体的可怕监牢里会发出怎样的臭气？我们可以把地狱的深处看成是液体硫黄的湖泊，湖中升腾起的大量蒸汽因为无处挥发而凝结成液体；有毒的液体多到几乎能感觉到它们的流动，可怜的人们忍受着致命的痛苦，还要不停地呼吸着这样的空气。那个悲惨的地方就是一个深渊，在审判日过后，腐烂物、毒药和世间的污秽都会落入这个深渊中，那时它就会像一个无底洞，所有有罪之人都将沉溺其中。想想那么多肮脏的东西混合凝聚在一起会散发出怎样的恶臭吧。也想想从那些受难的人眼中不停流淌出的苦涩、灼人的泪水，那眼泪弄皱灼伤了他们的脸庞。如果在我们自己的身体内，由于突然受惊吓或是怒火攻心，可能会产生消化不良、胆汁外渗、愤恨、口苦、口臭、咳嗽、恶心、呕吐和其他痛苦的症状，令人不堪忍受，甚至连目睹这些惨状的人也会感到非常痛苦和恶心，那么地狱中受诅咒的人的嘴巴和呼吸又会是什么样的呢？世间没有任何东西如此令人厌恶，也没有任何臭气可与之相比。此外，良知的自疚会永远吞噬着他们的五脏六腑，压榨出苦涩的胆汁和持续的悔恨。”

“还有，”雷蒙神父问道，“折磨着他们的口渴和饥饿又是怎么样的呢?”太可怕了。炎热和不断的哀嚎引起了剧烈的口渴。几百年来,富有的守财奴的喉咙都要被烤干了,他的舌头一直耷拉在嘴巴外面,渴求着哪怕只有一滴水,但却永远也得不到,因为在那个地方除了恶魔的胆汁、蝮蛇的毒液、沸腾的沥青和液体硫黄之外没有什么可喝的。那些可怜的人儿受到无情的饥饿感的磨折,他们一刻不停地忍受着疲倦、虚弱和强烈的想吃东西的渴望,但是那里没什么可吃的,除了苦艾、沥青以及在他们的内脏里燃烧的熔铅。

“现在,触摸一下想象中折磨着那些受诅咒的人的火焰,它造成的痛苦剧烈而且非常恐怖。和地狱之火相比,人间的火就像是画中的火焰一样。是上帝的愤怒点燃了并维持着地狱之火,因此它将是上帝公正复仇的可怕工具。遭受惩罚的人身陷火光烈焰之中,像是水中的鱼儿,或者说更像(作者认为这样说更确切)是被炽热的煤块穿透身体,火舌吞噬着他们的咽喉、血管、肌肉、骨骼、内脏和所有的重要器官。它汇聚并代表了一切可以折磨我们肉体和精神的痛苦:伤寒、抽搐、疼痛、痛风、殴打、鞭笞、镣铐、绞刑、老虎钳、刀剑、刑车、铁钩。它同样折磨着灵魂。我们无法理解究竟是怎样的,但它无疑以一种可怕的活力穿透并凶残地打击着人的意志,因为我们的信仰教导我们魔鬼同样在烈火的苦痛中烧灼和煎熬。”

在向读者描述了等待罪人的命运的这幅栩栩如生的图景之后,作者指出这种命运将是永无止境的。受罚之人承受的痛苦,无论是精神上的还是肉体上的,都将是永恒的。他们渴求一死,但死亡会逃离他们而去。想要自我毁灭的狂热愿望将给他们造成可怖的苦恼,因为他们感觉到自己死不了。他们承受的折磨不仅仅是永久的,而且还会毫无间断地持续:它们是恒定的,不会减少;它们一个小时、一个瞬间也不停止;也没有任何的缓和。尽管时间如此之长,又如此毫不间断,但想减轻折磨使苦楚不那么难以忍受是绝不可能的。每一天的折磨都是新的，带着新的增剧的痛苦而返。

然后，在对我来说似乎具有相当力量的段落中，这位好心的神父暂停下来，开始考虑永恒的含义。永恒将永远持续下去，没有尽头。“为了对这么可怕的事物形成一个概念，让我们在脑海中想象许多年，或者是千百万年，我们会发现即使在经过这些年之后，永恒仍是完整的。对于受诅咒的人而言，千百万年过去，就像落入泥土的水滴，最终将坠入世界的尽头。千百万年，多得就像星球上所有海洋中的水滴；千百万年，多得就像世界上所有的树木和植物上的叶子；千百万年，多得就像太阳的光线，空气中的原子和海中的沙砾。在经过了数不胜数的年月之后，对这些可怜之人的折磨还将继续，就仿佛才刚开始一样；永恒与苦难依然完整，就好像一秒钟都不曾过去似的。

“天哪，对此你有什么想法呢？倘若你躺在柔软的床上，觉得难熬过一个无眠而痛苦的长夜，急切地企盼着黎明的救济，那么在永恒的长夜里你又会有怎样的感受呢？黎明永远不会打破那样的黑夜，你一秒钟也得不到休息，永远看不到一丝希望的光芒。”

这次冥想在第一周结束。修行者作一次总告解并获得罪行的赦免。

在进一步深入之前，我想讲述一个何塞·穆诺·桑·罗曼先生告诉我的小故事，读者如果喜欢不妨听下去。安达卢西亚某个村庄里的村民厌倦了大斋戒的传教士，因为这位传教士每年都试图以他们已经烂熟于心的布道令他们悔过。为了给村民们一次特别的款待，村长邀请了一位声名远播的传教士来进行平常的讲道。村民们热切地等候着他的到来，全都到街上去欢迎他。世俗的和教会的权威人士都去火车站迎接他。村里的女人们围绕在村长夫人的身旁，站在村口的十字架下等待。传教士在人们的欢呼喝彩声中走进了村庄，大家都涌入了教堂。为了不错过他每一句中肯的话语，人们努力着尽量靠近讲道坛。当他上台的时候，一种好奇和期待的兴奋情绪传遍了与会的听众。刚进入绪论部分时，他举止谦卑言语温和，但后来他就提高了嗓音，改变了语调，忽然间高声呼喊起来。悔恨攫住了他并将他击碎，怒火使他的额头突起，恐惧使他颤抖，然后他又再次因为愤怒而窒息。他的手势丰富而夸张。在描绘耶稣受难时所经历的侮辱以及折磨着圣母马利亚的痛苦时他运用的语言令听众们纷纷哭泣，流下了苦涩的泪水。这位演说者的口才十分出众，他描述救世主受难时的语言非常生动形象，以至于许多信徒晕了过去，有些人甚至抽搐起来。村长的夫人昏倒在地，这令她周围的人一阵惊慌失措，村长也很自然地为她的状况感到担忧。全场的会众都受到一种难以控制的焦躁不安情绪的折磨。

传教士终于觉察到正在发生的一切，他非常地惊讶。会众们对于他迫使他们陷入这样情境感到愤慨，已经打算冲向讲道坛了。这个不幸的人几乎不知道该怎样遏制他引起的公愤。他恳请听众们镇定下来，因为那里已是一片喧嚣了，他乞求安静。当他最终使人们听到他的声音时，他说道：

“但是，我的同胞们，请想一想我告诉你们的这一切都发生在很多年之前，而且也许永远也不会再发生了。”

这些慰藉的言语安抚了会众们的不安情绪。

在我看来《精神修行》中最有趣的内容之一是与罪过搏斗的方法，叫做“特定的和总体的反省”。特定反省与特殊的罪过有关：修行者每天进行三次反省；第一次是在起床时，当他决心要抵御自己希望改正的罪过时；然后是在午餐之后，他通过在一条线上打圆点的方式记录自己反省的次数；最后是在晚餐之后，他在一条较低的线上打圆点，记录下每一次后来犯下的过失。他每天都要重复这样的反省，每天都要比较圆点的数目。一个奇特的细节就是作者建议修行者每次犯错时就把手放在胸前，“即便有人陪伴时，也可以在别人不注意的情况下做这个动作。”总体反省，正如它的名称所提示的，是对良知的一次总体探索和自省。

修行的第一周涉及罪过，第二周是有关耶稣生平的沉思，第三周是关于耶稣受难的沉思，第四周则关于耶稣的复活。第二周是修行过程的顶点，因为它将引领修行者选择一种生命状态，第三和第四周的修行将确定并加强修行者所下的决心。

当你将修行作为一个整体来看待时，就必然会发现为了达到目标，作者多么非凡地设计了这些修行的内容。圣依纳爵是位艺术家，他以自己的形象为蓝本塑造了其他人。他像诗人创造另一个诗人那样创造了他们。但是他试图要巩固修行者的意志，而并非发展他们的智力。他要求修行者盲目地服从，不允许他们享受考虑自我的愉快自由。现在我们知道了这一要求具有多么伟大的价值，也知道了它的力量将达到怎样奇特的效果。圣依纳爵自己掌握了其中的奥秘。修行者不断削弱的身体状况以及他从事修行时所处的环境使他陷于一种被动的状态，非常容易接受他所渴望得到的印象。你完全可以想象，在经历了这般彻底将人击垮的修行之后，人的精神肯定永远失去了弹力。据说第一周修行的结果就是使新的信徒完全衰弱崩溃。悔恨令他悲伤黯然，羞耻和恐惧令他的精神倍受折磨。他不仅为脑海中那幅令人毛骨悚然的画面感到恐惧，还因为缺少食物而变得虚弱，因为睡眠不足而疲惫不堪。他陷入无比的绝望当中，不知道逃脱何方才能寻求救助。就在那时，一个新的理想摆放在了他的面前，就是耶稣基督的理想。他将被引导着以愉悦的心情为了这个理想牺牲自我。据说所有按照指定的方式进行修行的异教徒都皈依了天主教，不仅如此，他们还都向耶稣会寻求庇护。

我还听说被派往信奉新教的英格兰执行危险任务的耶稣会教士们在临行前要参加一次特殊的修行（即“情境构想”），在修行中他们必须用心灵的眼睛去想象可能被扔进的监狱的景象，想象他们可能会遭受恐怖拷打的阴森牢房，想象他们将在可怕的折磨中舍生取义的刑场。他们要通过想象去感受地牢刺骨的寒冷和有毒的臭气，折磨他们血肉之躯的沉重镣铐，烧灼肉体的炽热烙铁，撕裂他们关节的拷问架和摧毁他们四肢的殴打。然后，在极大的痛苦中，他们还要想象开膛破肚取出五脏六腑的锐利刀具，梗塞肺部的辛辣烟雾和无情地烧焦身体的火焰。这种修行异常痛苦，因此当教士们最终遭遇现实时，他们不仅毫无畏惧，而且全然麻木。他们已经忍受了一切肉身和不朽魂灵所能承受的苦难。倘若他们并没有参加特殊的修行，在和其他人一样经历了这样的折磨后，他们不可能幸存下来讲述这一切。

有一次，我在好奇心的驱使下，企图自己尝试其中一项修行。那是一次奇特的经历。我从“情景构想”开始。这项修行内容显得相当简单，但我却觉得它一点也不容易。难怪《精神修行》的注释者认识到了为修行者提供一些详细指导的必要性，这些详细的指导间接地弥补了他们想象力不足的缺陷。但我觉得和冥想相比，这就如同儿童游戏。我的确没有通过禁食或体罚为修行做好准备，上帝的恩典也肯定没有降临在我的身上。将精神集中于一个主题并全神贯注毫不分心，这对我来说难以置信地艰难。我总是在旁门左道上徘徊游荡，会想到任何事情，可就是想不到应该想的内容。我猜想数学家和哲学家们就能够控制思维的流动，他们可以毫不困难地针对期望的目标进行思考。我们大多数人的思想都是散漫的，心无旁骛地逐步追随一连串思路的努力对我们而言太困难了。我想得很多，也宁愿相信我的思维是清晰的，但我无法做到秩序井然地思想：观念和感想杂乱无章地出现，它们被储存在潜意识当中，在需要的时候就会经过筛选、组合以及阐释从而浮现出来，而我对于这一过程根本没有意识。然而，刻意地努力向自己描绘一系列事件并试图感知令事件中的参与者们觉得感动的情绪是一种意志的修行，我发现这种修行是自己力所不能及的。我的意志好像被近乎物质的障碍物围困住了，它到处不安地躁动，强烈地渴望着逃脱。我的想象力受到某种猛烈的力量的控制，这种力量麻痹了我的意志。我觉得自己仿佛是一只在罗网中挣扎的小鸟，头脑也似乎被一个铁箍束住了，我的胸口产生了一种古怪的感觉，觉得自己要得病了。

圣依纳爵教导修行者要将同样的冥想重复两次，有时是三次，但他这么做究竟是因为他通过自己的经验了解到实践是多么地困难还是仅仅希望巩固修行的效果，我就不得而知了。那一定是一项极其严酷的修行，因为尽管我们可以将思想再次转向曾占据我们脑海一个主题并且更加深入地思考它，却无法通过努力再次感受我们已经感知过的一种情感，否则我想，我们中就不会有任何人因为不再爱别人而给他们造成痛苦了。这样的尝试必然会把勇气彻底撕碎。但我无法说服自己强加于头脑的冥想可能产生新鲜而振奋人心的观念。我倒宁可认为这样的实践会奴役并恐吓住人的精神，同时永远地阻止愉悦的想象力的流动。或许这正是圣依纳爵的目的所在。倘若如此，《精神修行》是掌控那个游荡的、反复无常且固执任性的东西——人类灵魂的前所未有的最佳方式。

这些修行的效果是通过不断地、无情地诉诸恐怖和羞耻而达成的，但不可思议的是，所有沉思的最后竟是关于爱的沉思。

四

很多年以前,我写过一本有关安达卢西亚的书,但心里却苦涩地明白它的缺陷所在。那本书名叫《圣母马利亚的土地》。十九世纪末的年轻人比现在的年轻人要稚气,根本不懂得用聪明机巧的方式掩饰自己的无知——这让那些有机会读到他们作品的人充满钦佩。前往塞维利亚的时候我也只有二十三岁,在此之前我在伦敦的一家医院工作了五年。生平第一次,我成了自己的主人。自那以后我又去了十几次西班牙,而每一次都能体会到头几个月在那里的那种天堂般自由的魔力。我无牵无挂,没有责任,可以将世间万物置之脑后,只要写出好文章。那时候对于写作所必需的艰辛劳动和由此带来的令人烦恼的束缚,我还一无所知。我在这个国家四处旅行,对于见到所有新景象都充满着热情,不过我的热情(尽管我当时并不知道这一点)完全是拘泥陈规的。奇怪的是年轻人很少会以新鲜而直率的眼光看待世界,尽管人们认为这对他来说是自然而然的。无论是出于羞涩还是胆怯,他不会以新奇的眼光去打量从未见过的东西。也许一个人只有在具备了成熟的思想之后,才能以自己的眼光看待事物。我的情况就的确如此。我的情感是十分真挚的,但这情感是比我先到这里来旅行的人所具有的情感。我看到的是博洛[1]和理查德·福特[2],特奥菲勒·戈蒂埃[3]和梅里美[4]所见过的。

不久以后,我骑马进行了一次旅行。当时不同地区之间唯一的交通方式就是火车,因为其他有轮子的车辆无法从路上通行。倘若想要游览的地方不在铁路沿线,那就得靠骑马了。回来之后,我认为将这次远足的经历记录下来会是一个很好的写作练习。在创作小说时，写作会受到素材的局限：你不能用分析某种心理状态的方法来描绘一场意外事件；文中的对话，尽管你力求使它们自然，却会破坏文章的结构。只有在散文或游记中，你才能尝试一种持续不变的效果。对于小说家来说，不时地在这类文体上小试牛刀是大有裨益的。

但当我竭尽所能完成这一写作练习之后，却不知道该怎样处理它。我从来就不是那种满足于将作品关进抽屉的作家。在塞维利亚，我非常甜蜜地陷入了爱河。我的脑海中曾冒出过将这段经历写成一部小说的念头，我或许会用浪漫而讽刺的笔调去描述它。因为即使在当时，我也还并没迟钝到对自己的荒唐视而不见，我已经意识到自己被大大地愚弄了。在小说中我有机会描述大教堂、某几幅绘画、一场斗牛赛以及塞维利亚那安逸迷人的生活。然而我还是犹豫了，担心人们会说这部小说不过是在模仿皮埃尔·洛蒂⑤（倘若写出来的话，它倒真会成为那样的小说）。在那时很多人都读过洛蒂的作品，他可以用优雅的法语轻松自如地写出这类优美的作品。我真是愚蠢。我并不知道在此后的三十年里，至少有三位英国作家（还有若干位美国作家）通过模仿阿纳托尔·法朗士⑥而享誉殊荣。我本可以安心地写出这本书，要是书很成功的话，还可以接着续写

① 乔治·博洛（George Borrow，1803—1881）：英国旅行家、语言学家和19世纪最富有想象力的散文作家之一。
② 理查德·福特（Richard Ford，1796—1858）：英国作家、画家及艺术评论家，西班牙文化爱好者，最早将西班牙画家委拉斯开兹介绍到英国的人。
③ 特奥菲勒·戈蒂埃（Théophile Gautier，1811—1872）：法国诗人、小说家、戏剧家和文艺批评家。
④ 梅里美（Prosper Mérimée，1803—1870）：法国现实主义作家，中短篇小说大师，剧作家，历史学家。
⑤ 皮埃尔·洛蒂（Pierre Loti，1850—1923）：法国浪漫派作家。
⑥ 阿纳托尔·法朗士（Anatole France，1844—1924）：法国作家、文学评论家、社会活动家。

发生在欧洲每一个国家的诙谐而感伤的爱情故事。也许现在我已经成为一个富有魅力、感情敏锐又有鉴别力的作家,并因此享有盛誉了。然而,我并没有这样做。我倒也不愿意浪费这次骑马旅行的记录,于是就写了一篇描绘塞维利亚以及我在那里所见所闻的文字。为了使这篇文章具有某种完整性,我又加上了对安达卢西亚其他地方的概要描述,这样就为写一本小书准备了足够的素材。

那篇文字粗糙而且感情过于强烈。随着岁月流逝,每每想到它时,我都相信自己原本可以写得更好。每一次去西班牙,我都有重写一遍的冲动。可我不想写另一本游记了。太多的旅行者游览过西班牙。作家所能做的一切就是描述他自己的感受,而他的描述恐怕不大可能激发起其他人对于他试图刻画的对象的准确感受。

圣地亚哥·德·孔波斯特拉古城的街道狭窄,路上铺着的石块在世世代代人的践踏中被磨得光滑平坦。街道上下起伏,曲折蜿蜒,最后全都通往大教堂——那是许多世纪以来无数朝圣者的目的地。如今,这座大教堂的立面已经成为世界一大奇观。它由灰色石头建成,但到处都有黄色的苔藓,还有几处有耐寒的小灌木附着其上而形成了片片绿色。在乌黑云朵的映衬下,它显得惊人地壮观(圣地亚哥经常下雨),但当阳光明媚天空湛蓝的时候,它又呈现出蜂蜜般的色彩。这是一座奢华的建筑,可是它那英雄式的宏伟庄严使人不会产生厌倦之情,建筑物上绘画、雕塑的总体装饰效果达到了完美的平衡,让人感受到一种近乎古典的庄重。这就仿佛查普曼翻译的荷马史诗中的一个词藻华美的段落。我不由地想到当建筑师目睹竣工后的教堂立面时心中一定怦然悸动,他知道这是一座非凡的建筑。它不同于那些委婉地施展魅力,需要熟悉很久才能引人入胜的景观:它给人以强烈的冲击,并永远铭刻在观者的脑海中。

每当人们回想起它,它的感染力就会加强。然而,语言无法重现那些尖塔的壮丽以及丰富的匀称美感。瞥一眼照片很可能比读上六页描述细致的文字更能给人非同寻常的震撼。不,我可不想写游记。

我的脑海里盘旋着几个主题,我会考虑用它们能编出些什么故事并以此自娱自乐。有一段时间,佛罗里达的发现者庞塞·德莱昂[1]的事迹吸引了我;西班牙的征服者们踏上危险的旅途前往大西洋彼岸新近发现的土地是为了攫取财富,而他,则更浪漫,是为了寻找青春永恒之泉。我构思了一个自己喜欢的故事。但它的缺点是要把我的叙述引向海外,可我却不想离开西班牙。然后我又对阿尔巴公爵们在阿巴托美的小宫廷产生了兴趣。他们过着华贵的生活,培育艺术,在他们的庇护下,英勇潇洒的诗人加尔西拉索·德·拉·维加[2]在那里度过了他短暂而光辉的生命中的一段日子。我去过阿尔巴。那个小镇坐落在河畔的山上。镇上的街道上少有人迹,小鸡到处乱跑。街道是用粗糙的鹅卵石铺成的,因此脚走在上面会感到疼痛。那里的房屋小巧而朴素,刷了白色墙粉或涂上了泥浆,在一两座较体面的房屋的门上悬挂着盾形纹章。可是,要是你瞥见正步行走过的街道的名字的话,会顿觉古怪:它叫做男仆大街。昔日的公爵府邸是由来自意大利的画家和雕塑家们装饰的,里面陈设着从被征服的国家里夺取来的战利品。可如今这一切都不复存在了,只剩一座阴沉沉的城堡伫立于山巅。我猜想那些当年闻名遐迩的花园会一直向下延伸到静谧蜿蜒的河边。花园曾是诗歌

---

① 庞塞·德莱昂(Ponce de Leon,1460—1521):西班牙探险家,在波多黎各建立最早的殖民地,后来他在寻找神话里的青春之泉时,发现了佛罗里达。

② 加尔西拉索·德·拉·维加(Garcilaso de la Vega,1503—1536):西班牙著名诗人,将意大利文艺复兴时期诗歌形式、技巧和主题引进西班牙的代表人物。

比赛的地点，在那里，意大利风格的作家们谈论着他们的艺术，而音乐家们演奏着六弦琴和古琵琶。可如今，我已遍寻不到花园的踪迹了，我向当地的居民打听，但他们也一无所知。我的想象力无法根据如此单薄的材料去重新构建往昔的生活和业已消亡的辉煌。

此外，我希望有一个可以自由发挥的题目。我不想被局限于某个伟大贵族的宫殿和文雅之士的交际应酬这样的题材。我想要的主题能够让我有机会去展示你在传奇冒险小说中读到的丰富斑斓的生活。我想写写剧院，因为西班牙黄金时代——自小说《小癞子》①的作者开始到剧作家卡尔德隆②结束的短暂时期——的戏剧不仅是整个民族的爱好也是这个国家艺术追求最有特色的表现。有一段时间，我琢磨着写一个关于阿古斯汀·德·罗加斯的小说。这位演员兼作家在他的代表作《有趣的旅行》中，不但生动地描写了当时戏剧界的情况和一个巡游各地的演员的生活，而且还以漫不经心的笔调记述了他自己的林林总总，留下了关于他本人的充分描绘。即使在那个时期的西班牙，也很难找到一个人生经历比他更加独特多彩的人了。他的父亲名叫迭戈·德·维拉地亚戈，是位出身名门的绅士；他的母亲名叫路易莎·德·罗加斯。他通常使用的名字，根据西班牙的传统在当时并不罕见。阿古斯汀大约于1577年在马德里出生。九岁那年，他就在一户显赫的人家当侍童。十四岁时，他渴望去看看外面的世界，享受冒险的乐趣，于是就跑到塞维利亚参了军。他在卡斯蒂加·德拉古斯塔的卫戍部队待了一段时间之后就乘船前往法国。阿古斯汀在布列塔尼岛上了

① 又译作《托美斯河上的小拉撒路》。
② 卡尔德隆（Calderón de la Barca，1600—1681）：西班牙剧作家、诗人。

岸。在两年的时间里,他参与了各种军事行动,为自己赢得了许多荣誉和一些利益,然后便乘坐一艘法国的船前往南特。途中,阿古斯汀遭到了俘虏,被带到拉罗谢尔。在那里他被迫伺候某个叫做德方特纳的先生,直到他和其他受奴役的同伴被用来交换在西班牙军舰上划桨的拉罗谢尔原住民,这才获得了自由。在接下来的两年多里,阿古斯汀一直在劫持英国船只,最终在桑坦德登陆。此后,他便出发前往马德里,在那里感染了一场几乎夺去性命的疾病。

他刚痊愈就又回到了海上的皇家舰队,最后在马拉加才脱离了军职。他给一位军需部长当差并跟随他去了格兰纳达。那年,他二十二岁。他在格兰纳达发展得不错,给自己购置了华美的服装和纯金的链子。但后来他丢了工作,便返回了马拉加,在那里经历了一段最为奇特的冒险。在一场争斗中他杀了人,逃到圣约翰教堂避难。警方包围了教堂,他在那里躲了两天,饿得奄奄一息。后来当警戒稍有松懈之时,他便抱着大不了一死的念头不顾一切地冲出了包围圈。可幸运的是他邂逅了一位异常美丽的女子。女子为他英俊的面容和豪爽的气概所倾倒,当听说了他的意图之后就劝他回教堂暂避。她花了三百个达卡金币助他脱离困境,但如此巨大的一笔开销却令她陷入窘困。罗加斯将这名女子带到了自己寄居之处。为了供她吃喝,罗加斯夜晚乞讨,为圣奥古斯丁修道院的僧侣撰写布道词(每写一篇布道词,他可以得到一盘肉和一磅面包作为报酬),偷碎谷子,还去果园和葡萄园打劫。人们无法确定这段情感是如何结束的,因为当故事写到这里的时候,讲述者的情绪很不幸地阻止了他继续写下去。

但是,似乎就是在那个时候他决定登台演艺。他跟随着一个又一个戏团在西班牙四处演出,那个将他从绞刑架上救下来的美丽女子可能就陪伴在他左右。由于瘟疫或某个王室成员的去世，戏院关门的情况并不罕见。有一次，剧院被迫关闭，他只好又回到格兰纳达，在那里开了一家男子服饰店，生意做得相当成功。他就这样过了三年，后来，一场劫难从天而降。他的情人离开了他。“最终，”后来他写信给在塞维利亚的一些朋友，“我被世间最可爱的天使和上苍所造的最无情的庇护者抛弃了。我痛恨她的残酷，我承认我被剧烈的痛苦折磨，已到了想自杀的时候。”他将那个负心的女人叫做艾莉莎，可是这究竟是马拉加的传奇故事中的女主人公还是另有其人就不得而知了。人们希望她就是那个女子，因为这样的话故事就更加动人了。带着一颗破碎的心灵，罗加斯去了科尔多瓦的山区，在那里加入了居住在岩洞中的隐士们。他试图通过苦修和祈祷使自己断绝世间浮华的念头。可天生的禀性使他无法在如此禁欲的状态下生活，没多久他就回到了那个总而言之待他不算太薄的世界。不久，他结了婚。作为一个演员他不可能存钱但他其实又颇有钱，由此看来他肯定是很慎重地选择了一个富有的妻子。然而一场倒霉的官司使他丧失了相当可观的一笔财富，于是他就去给一个热那亚人当差。他余下的钱就被那个商人或是银行家抢夺了。他在监狱呆了一小段时间，在塞维利亚又遭到暴徒的袭击还差点丧了命，最后听说他给萨莫拉的主教当了代笔人和公证人。那时，他三十三岁。

这是一个热爱冒险的浪漫的生命。它几乎为我提供了一切所需的素材。罗加斯有魅力，有幽默感，还有写轻松诗篇的美好天赋。他勇敢，他英俊潇洒卓尔不群。他喜爱华丽的衣服和漂亮的饰品。正是由于这个癖好，他被朋友们称为“奇迹之侠”，因为即使身无分文，他也从不缺少奢华的服装。他具有当时的西班牙人典型的强烈宗教感。当不幸降临其身的时候，他欢喜地接受,把磨难看成是上帝之手所赐予的恩惠,是为了灵魂的得益与荣光。

可我有点畏惧写阿古斯汀·德·罗加斯。对于我的写作意图来说,他是个有些过于戏剧性的人物。当作家被像这样一个异常鲜明的人物所掌控的时候,就永远无法确定自己是否会被引入原本不想踏上的道路。这种类型的人能够很好地将事情纳入自己的控制中,使一本书呈现出与作者原本打算写的内容大相径庭的面貌。长期的经验也使我不可能不注意到在阿古斯汀生命中最悱恻缠绵的那段爱情里,那位女子才是更有意思的人物。如果奋不顾身搭救他,与他共同忍受贫困,然后又离开他几乎令他肝肠寸断的是同一个女人,那么一个独特的故事就产生了。只有非常迟钝的小说家才无法欣赏这个女子来去迅猛的激情和不计后果的性格。她慷慨而冲动,甘愿为了爱情而放弃人们认为女人最想要的安全感。对于极端的贫穷,她也毫不在乎。她勇敢、坚定、爱冒险。她找到了似乎值得为之牺牲一切的爱情;可又无情地,以一种可以代表她性格的果断决绝,抛弃了爱人而改投他人的怀抱。既温柔又冷酷,既忠诚又薄情,既自制又放纵,她定是个令人惊叹的人物。

那可不是我想要的主题。我希望可以更加自由地发挥。我认为写一个我自己创造出来的人物应该会更得心应手。我完全可以把我的主人公塑造成一个年轻的苏格兰天主教徒,到西班牙国王统治的国度来寻求出路,或者是奉年老的伊丽莎白女王之命出使马德里宫廷的大使的亲戚。我可以通过自己感兴趣的不同领域将这样一个人物处理得栩栩如生。我想要更多地关注主人公精神上的历险,在我看来倘若我将他塑造成一个善于反思,眼光敏锐,又很好地受到过当时文化熏陶的年轻人,那么我应该有一个非常好的机会去研究我打算描写的那个时期的西班牙精神的不同侧面。这是在腓力三世统治的初期。洛佩·德·维加①是西班牙戏剧界的偶像。他专制地统治着自己的虚幻王国,容不下任何对手。塞万提斯②还没有出版《堂吉诃德》,但已经写就第一部分的许多内容并向他的朋友朗诵了其中的一些章节。生活在托莱多并享有盛誉的埃尔·格列柯③,终于使自己摆脱了威尼斯画派长期的束缚。在晚年,他重新回到在克里特岛的青年时代所获得的灵感,创作了其绘画中最为杰出的作品。马特奥·阿莱曼④写出了最流行的流浪汉小说《古斯曼·德·阿尔法拉切》,维森特·艾斯比内尔⑤在他那愤世嫉俗的陈旧脑袋里反复琢磨出了引人入胜的《马可斯·德·欧布雷贡的一生》。你或许还会遇到曾与圣特雷萨修女⑥交谈过的博学的绅士和不凡的女子们。萨拉曼卡的学生们曾听过弗雷·路易·德·雷昂⑦修士的训诫。西班牙人是世界上最骄傲的民族。尽管遭受毁灭与饥饿,他们依旧认为自己像查理五世在帕维亚俘虏法国国王时那样强大;尽管为了镇压异端分子,维护信仰的清白流尽了鲜血,他们还是认为愚蠢的君主要求他们所做的牺牲只不过是君主们应有的权利,是"地位崇高之人应有的责任"。

我觉得这个想法挺好,可以把它加以利用,于是就着手准备起

① 洛佩·德·维加(Lope de Vega,1562—1635):西班牙剧作家、诗人,西班牙黄金时代最重要的作家之一。
② 塞万提斯(Miguel de Cervantes,1547—1616):西班牙黄金时代最杰出的现实主义小说家,代表作为《堂吉诃德》。
③ 埃尔·格列柯(El Greco,1541—1614):西班牙著名画家,生于希腊克里特岛的伊拉克利翁,原名多米尼加·泰奥托科普利。
④ 马特奥·阿莱曼(Mateo Aleman,1547—1614):西班牙小说家和卓越的文体学家。
⑤ 维森特·艾斯比内尔(Vicente Espinel,1550—1624):西班牙作家、乐师。
⑥ (阿维拉的)圣特雷萨修女(Saint Teresa of Avila,1515—1585):又译德肋撒,西班牙天主教修女,神秘主义者,倡导加尔默罗会改革运动,在阿维拉建立圣约瑟女隐修院,著有《到达完美之路》、灵修自传《生活》等。
⑦ 弗雷·路易·德·雷昂(Fray Luis de Leon,1527—1591):西班牙著名神学家,抒情诗诗人。

来。自我最初穿过比利牛斯山脉后的许多年里我阅读了大量的西班牙文学作品，可那仅仅是为了自娱。现在我以一种更加系统的方式开始重新阅读。

五

在这样一本为自我教育和消遣而写的小书里，列出我曾请教过的权威人士的名单会显得荒唐。然而，除非我在此表达了对借鉴阿尔塔米拉和埃里森·皮尔斯教授的学术著作的谢意，以及对利用奥布里·贝尔先生，路德维格·潘多先生及雷纳博士的辛勤工作成果的感激，我的心绪是不可能到安宁的。这些博学之人令我受教良多，作为回馈，我将为他们提供一点对他们来说新鲜的信息。在他们的学术著作中丝毫看不出物质享受曾引起过他们注意，但我将告诉他们一些有关西班牙食物的事情。

阿维拉是个适宜闲逛的城市。那里没有太多事可做，也没有太多风景可以流连。城墙被大力修复过，看上去就如同祈祷书里的古老城市的城墙一般。每隔一定的距离就有一座灵巧的圆塔，好像一个十七世纪男子假发的整齐卷曲。大教堂像城堡一样气派，除了产生一种阴沉的效果之外也就无甚可观了。哥特式的门廊和窗户也不像你在其他地方看到的许多门廊和窗户那样漂亮，而且我们现在对哥特式建筑也都感到有些厌倦了。但是往昔西班牙贵族们的宅院仍旧保留了几分庄严肃穆。门关上悬挂着的巨大盾形装饰物引人注目。这是一座静谧之城。在那里的许多街道上，即便你站上一个钟头，也不会看到一个行人。阿维拉的男子们穿着庄重，女子们穿着黑色的丧服。即使在夏天，空气中都弥散着某种尖利的感觉。在春秋季节，风吹得猛烈，而到了冬天则是严寒刺骨。这是一个含蓄、缄默、拘泥礼仪的卡斯蒂利亚古城。可是那里的旅馆是西班牙最糟糕的之一。房间简陋且不舒适，里面一点儿都不干净，还散发着异味。餐厅是一间阴森森的大屋子，屋里的电灯发出刺眼的光芒，餐厅里提供的食物堪称恐怖。邋遢的侍者用脏兮兮的双手将装在冰冷盘子里的难以下咽的菜肴一盘接着一盘扔到你面前。酒单上提供的酒，地窖里则几乎都没有。

我几乎什么食物都吃，即便不是带着愉悦，也谈不上厌恶。一顿低劣的晚餐也丝毫不会扰乱我的平静。我可以诚实地说我拥有一个超越食物的灵魂，可是哎呀，尽管我的精神是坚韧的，我的身体却十分羸弱。我可以毫无怨言地吞下一餐糟糕的饭菜，但这会让我病上一个礼拜。弗雷·洛尔丹将身体称作“小驴子”，但我那飞扬的精神可不敢怠慢了这头“小驴子”。有一次我在阿维拉就遇到了这种情况，吃了一顿糟糕的饭菜后，我在硬板床上辗转反侧了好几个钟头才终于睡着了。雄鸡报晓的声音将我吵醒，几分钟之后，我又听到了一阵突然的敲钟声。在那个深夜里，这还真有些吓人。我想到那肯定是做清晨弥撒的钟声，于是便起身，在睡衣外面套了条裤子，并披上了一件厚外套。夜间的门房给我开了门，我穿过了街道。大教堂沉浸在夜色的黑暗中，但有一座小礼拜堂里却亮着灯。礼拜堂的司事正在点蜡烛，他裹着斗篷，一条灰色的羊毛围巾遮住了他的嘴和鼻子。我看到三个在祭坛前下跪的黑衣女子的背影。一个臂上挎着篮子，头上裹着块手帕的农妇，恰好在牧师之前走了进来。牧师显得行色匆匆，他是个又胖又小的男人，头发灰白，面容朴实。他走得太快了，身后的侍僧几乎要跑步才能跟上他。当他用低沉的声音含混不清地嘟噜出弥撒文的头几句祷词时，一个男子从黑暗中步行而出。我惊讶地瞥了他一眼，没想到那里除了四个女子之外还有其他人。他是个又高又瘦的男人，身上随意地披了件宽大的外衣。在浓黑的眉毛下一双眼睛炯炯有神。他有个很大的鹰钩鼻，硕大的脑袋上留着灰白色的卷曲长发，脸庞粗糙，布满皱纹，看上去就像一个古老的西班牙征服者。他并没有跪下,而是纹丝不动地站立着,双唇紧闭,一双奇怪的眼睛凝视着祭坛。我揣测着他在那里干什么。天气异常寒冷,我觉得很不舒服。回到旅馆之后他们给我喝了加了山羊奶的咖啡和涂了腐臭黄油的面包。那一餐,我吃得过多了。

倘若你在阿维亚抱怨说在西班牙根本不可能吃到一顿可口的饭菜,你是不该受到指责的。然而,这却是个错误的判断。在西班牙可以吃得很好,只不过必须了解去哪里吃以及该怎样开始吃。首先,你必须下定决心一餐只点一道菜,这是一个相当明智的决定,因为这样就不会暴饮暴食了。无论这道菜多么好吃,你也只能吃到不觉得饥饿为止。

在饮食方面,西班牙人粗糙而节省。即使食物不佳又烧得难吃,他们也似乎并不在意。他们可以吃一点儿也不新鲜的鱼,圆荚和鹰嘴豆煮的牛肉——每天同样的菜肴,却不厌腻。他们一贯俭朴。西班牙士兵最伟大的美德之一正是在于他可以仅靠少到连维持生命都困难的那点食物行军打仗。你在流浪汉小说中读到的旅行者,一餐饭能吃上一大块面包和一个洋葱就满足了。但另一方面,人们又必须承认一旦涉及筹备盛宴,他们则具有惊人的才能。当塞普罗尼奥和帕梅诺想要招待他们的两位女友以及老鸨塞莱斯蒂娜晚餐的时候,他们派人送来了(供五个人食用的)一块火腿,六对小鸡,几只鸽子,莫维埃多的酒以及白面包①。当我第一次去西班牙的时候,除了在马德里、巴塞罗那和塞维利亚的一两家旅馆可以吃到仿制拙劣的法式小面包外,就很难吃到其他面包了。一般的

① 这段内容取材自15世纪末西班牙文艺复兴萌发时期出现的一部惊世骇俗之作——《塞莱斯蒂娜》。

旅馆只提供一种用半生不熟的白色面团做的双层卷，看上去倒人胃口，吃起来淡而无味，咽下去胃部发胀。

如今，你在任何主要的城镇都能吃到法国面包，可那面包既不松脆也不可口。你若想吃到好吃的面包就得去北部山区的一些村庄。要是你足够幸运地赶在面包出炉的时候到达那里的话，就能品尝到一种色泽诱人、气味芬芳的黑面包，那面包的外壳在口中咀嚼起来也很美味。用这样的面包抹上黄油——三十年前在西班牙很难获得，但现在到处都可以找到——再加上一些橄榄、凤尾鱼和山羊奶做的奶酪，就足以做出供帝王享用的盛宴了。

当然任何理智的人都不会吃旅馆提供的客饭。一流旅馆提供法式风格的客饭，通常要等很长时间，菜也难吃；二流旅馆提供西班牙风格的客饭，也要等很长时间，菜倒也不会更差。不幸的是菜肴的样式千篇一律。在这两类旅馆里你都能喝到同样淡而无味的清汤，汤里除了肉质粗糙坚硬、没有味道的鳕鱼外极少有其他鱼类。那种鳕鱼，你可以烘它、煮它、炖它、炸它、烤它；你可以用伍斯特沙司抓捏它，用西红柿酱浸透它，用油和醋腌渍它，把它浸在蛋黄酱、贝尔尼斯浓酱、奶油酸辣酱、塔塔沙司中，它依旧淡而无味，肉质粗糙而坚硬。但即便是在旅馆中——只要不是在那些第一流的旅馆中——倘若你不是很匆忙并以友善的口吻和领班或厨师商量的话，常常可以吃到非常美味的食物。在一个沉闷的季节，我去了阿利坎特，那是一个宜人的小镇，但没有什么可游览的。我在那里品尝到了完美的瓦伦西亚饭。为了搭配这道佳肴，我喝了当地产的酒，那是一种淡色的酒，非常可口，带着股麝香葡萄的芬芳。我忘了说明一点，除非你能津津有味地品尝在油里烹饪的食物，否则就永远不会喜欢西班牙的菜肴。倘若你坚持所吃的一切食物都应该用黄油烹饪，那么除了精神的满足外你就别还指望能从西班牙获得什么。

餐桌上不会有任何东西能带给你享受。

瓦伦西亚饭是瓦伦西亚的一道地方菜，我猜想它就是在那个枯燥而喧嚣的城市被发明出来的。当西班牙民族英雄熙德征服瓦伦西亚的时候，他以下面的这首诗歌中所描绘的方式向前进发：

我们的英雄携妻带女径直向城堡挺进。
一到那里，他便引领她们登临山巅，
美丽的双眸远眺四方风景。
她们看到了脚下的那座城池——瓦伦西亚，
而视野内更远的地方竟是海洋。

我愿意这样想象：随后，他便牵着她们的手，带着她们去品尝那味美可口的瓦伦西亚饭。我希望皮尔斯教授——我相信他曾在那里住过几个月——能花上一小段时间把自己广博的研究转向这位“战士首领”（一个迷人的无赖），以弄清这道美味佳肴的来源。我想要知道这道菜是否是由一个天才的摩尔人发明的，或者是很偶然地在一百个摩尔人的家庭主妇的厨房里同时产生的。尽管这道美味以瓦伦西亚命名，但从巴塞罗那到马拉加的海岸线上的人们都在食用它。在安达卢西亚，这道菜叫做“肉菜饭”。它决不难吃，有时还会好吃得令人难以置信。米饭当然是这道佳肴的基础，藏红花和红辣椒赋予它西班牙式的浓郁气味。饭里有鸡肉、蛤蚌、淡菜、明虾还有我不知道的原料。烹制这道菜费时费力，但绝对物有所值。我吃到的最可口的瓦伦西亚饭是在塔拉格纳。

塔拉格纳有一座大教堂。教堂是灰色的，庄重，质朴，有高大坚固的柱子。它仿佛一座堡垒，是一个供顽固、粗野、残酷的人膜拜的地方。在围墙之内，夜色很早降临，此时侧廊里直立的圆柱好像自己坐了下来,黑暗笼罩了哥特式的拱门。这番景象令人恐惧。整个侧廊如同一个地牢。我最后一次去那里是在复活节前一周的星期一,一位讲道者正在讲坛上做一个大斋戒期间的布道。两三盏没有灯罩的电灯泡透射出一道冷冷的光,就像拿着剪刀在黑暗中剪出了圆柱的轮廓。灯光恰好照射到人群(大部分是女人)的身上。那些女人坐在圣坛和唱诗班的席位之间,她们挤成一团,好像是因为害怕敌军围攻城市而哆嗦似的。讲道者手势猛烈,声音洪亮而充满训斥,他以极快的速度滔滔不绝地发出谴责之辞。每一个怒火熊熊辞藻华丽的句子就像一锤重击,一锤重击以恶毒的坚持紧紧跟随着另一锤。那个粗厉刺耳的声音从庄严教堂最远的一端传来,缠裹着圆柱,缭绕着拱顶交叉而成的穹窿,飘下宏伟朴素的正殿,沿着地牢般的侧廊穿行,始终如影随形地追赶着你。

然而就在那天,有一个虔诚的崇拜者在我居住的旅馆中招待讲道者午宴。那场面相当盛大。出席宴请的有主人的妻子——一个头发灰白的肥胖女人,他的两个儿子和他们的妻子,要么就是他的两个女儿和她们的丈夫(我只能猜测),还有八九个不同年龄的孩子,我试图将他们区分清楚。大约有一个钟头的时间,讲道者都在尽情享用瓦伦西亚饭。在当时有一个念头令我颇感欣慰:这是个万恶不赦的世界,但仁慈的上帝会偶尔施恩,缓解芸芸众生的苦痛,安慰品之一毫无疑问当属瓦伦西亚饭,因为在塔拉格纳的那个中午,我们都品尝了它。

在西班牙的几乎每一个城镇你都可以找到这么一家餐馆,在那里享用美食可以令苛求的味觉得到满足。在马德里你可以找到半打这样的餐馆。但有一家是所有的旅行者都应该知道的。它位于蹄铁匠广场,是间简陋而且不舒适的餐馆。你坐在硬邦邦的椅子上,餐桌上铺的是粗糙的亚麻桌布,室内的光线十分刺眼。但你不会在意，因为对美食的期待已令你垂涎三尺：你将享用烤乳猪。橱窗的盘子里躺着四五只喉咙被切开的乳猪，它们看上去像刚出世的婴儿，让人觉得恶心。可你必须将这样的想法移出脑海。它们是在三个星期大的时候被宰杀的。我实在无法形容它们是多么可口，多么柔嫩，多么肉质饱满，多么汁水充足，也无法形容在它的脆皮中包含有多少心醉神迷的精神享受：正如你无法评说交响乐，而必须倾听；同样的，你也无法描述烤乳猪，只能品尝。

人们在这个国家的北部可以吃到比南部好吃得多的食物，究竟是什么原因，我还未能发现。英国人总是抱着天真的想法，认为在法国的任何地方都能吃得很好。事实并非如此。他们以为你在法国的任何一间餐厅，任何一家旅馆都能吃到美味的煎蛋。事实也并非如此。在维安纳的西部你不可能吃到好食物。在安达卢西亚，你可以浪漫地用餐，但得不到味觉上的满足。我的思绪又回到了塞维利亚塞尔佩斯街边的小酒馆，那里的曼萨尼亚雪利酒很好喝，火腿是老板从伊斯彻曼德买来的。我曾在深夜看完了西班牙说唱剧之后，去那家酒馆，点上半份烟熏火腿和一盘黑色多汁的橄榄。一个男仆会抄近路过街，从小菜馆送来一盘油炸鱼。我坐在一个小单间的木凳子上，身边有人陪伴（谁能独自用餐呢！），而要是幸运的话在另一间房里会有一个小型的聚会，其中一个男子弹奏着吉他，在一段长长的开场弦音之后，一个女子开始如泣如诉地吟唱起忧郁的具有摩尔人风格的塞吉迪里亚曲。

西班牙人喜欢吃海鲜。四处巡游的小贩带着一篮篮小虾、大对虾、蛤蚌、海胆从一家酒馆叫卖到另一家，做了不少桩买卖。炸鱼铺出售的鱼十分新鲜，倘若你根本不在意它们是在油里烹饪的话，会觉得它们美味无比。但如果你想吃鱼，就真的要去比戈。尽管我写了关于这么多关于西班牙食物的介绍，却仍沮丧地倾向于同意那些人的说法——你在西班牙吃不到美食。可我想到了比戈,并告诉自己这纯属无稽之谈。比戈是欧洲为数不多的可以捕到鱼的港口。法国的布伦港则是另外一个。英国就没有这样的港口。我在比戈吃到了平生最好的一顿午餐。开胃菜是各种各样的鱼,还有蛤蚌、对虾、贻贝、凤尾鱼和超过一打的其他海鲜,一份小虾煎蛋,然后还有一份美味的炸鱼——鱼是在那个早上刚从海里打捞出的,非常嫩而可口的小山羊肉,接下来还有两三道菜,但我已经吃饱了,就没有动箸。那真是令人愉悦的一餐!

但我之所以对比戈难以忘怀不仅是因为拥有这样美好的记忆,还因为那里会让我想起擦肩而过的一次机会,而每每念及此事我的良心都感到刺痛。事情是这样的。在从圣地亚哥前往萨拉曼卡的路上,我在比戈停留了下来。在看地图时我发现想找到出城的路并不容易,午餐之后我便请旅馆的门房给我指路。就在此时,一个小男孩走上前来,提出要为我带路。比戈在西班牙的西海岸,葡萄牙略微偏北的地方,可这个男孩说的却是法语,不仅如此,还带有明显的地中海沿岸口音,这让我颇感惊异。我向他询问原因,他告诉我他出生在马赛。我吩咐他跳上车,我们出发了。

他说他十四岁了,但他的个头很小,看上去不到十四岁。他很瘦弱,身上穿的几乎是破衣烂衫,脸庞消瘦,面色灰黄,他目不转睛地注视着前方。在指引我们穿过狭窄的街道,绕过意外转弯处的间隙,他告诉我自己是个弃儿,在马赛一家收留弃婴的医院里被人抚养长大。几个月前,因为感到不快乐,他就跑到了海港,偷偷登上了一艘他知道即将要起航的船。但他并不知道那艘船将驶向何方。一直到船出海了,船上的人才发现了他,他们把他打了一顿,并让他去船上的厨房干活。那是一艘法国船,他担心船上的人会把自己带回法国,送返医院。于是当船在比戈一靠岸,他就又跑了,躲藏了起来，直到船再次起航。他一无所有，除了身上穿的那套衣服，口袋里没有一个子儿，也没有任何可以证明他身份的文件。他唯一的名字就是医院里的人给他起的名字。我想象不出在这个世界上还有任何人比他更加孤独。

“你靠什么谋生呢？”我问他。

“噢，我有办法，我给人跑跑腿，有时候有人会给我一两个铜板。”

“难道你不会常常挨饿么？”

“噢，有些时候是的，但我不在乎，我宁死也不想回医院了。”

“那你睡在哪里？”

“在街上。夏天还行，冬天很冷，但我能抗得住。我知道一个没有上锁的小棚子，只要想去就能进去。你瞧，我喜欢这种自由的感觉。”

他有法国南部人特有的滔滔不绝谈话的天分。他能以流畅的语言表达自己，还不时意味深长地耸耸又小又瘦的肩头，并配以轻快的手的挥动。一切苦难在他眼里都没什么大不了的。他不仅是活泼的，也是欢快的。后来我们到了小镇的边界，一条大路延伸在我们面前。再也没有迷路的可能性了。我停下了车，那个男孩跳了下去。

当我们再次出发的时候，男孩微笑着对我们说：“一路顺风！”

我给了男孩足够的酬劳当作他为我们服务的回报，我希望那笔钱甚至算得上是慷慨的，但我所能说的也就是这些了。相遇是如此偶然，男孩的故事是如此奇特，以至于我根本没有时间细细思索。后来我想当时应该给他至少足以支撑一两个月的生活费用，而不是区区几个银币，但那已经太迟了。我希望我当时提出带上他去萨拉曼卡。我不知道他在那里能做什么，可他或许会喜欢冒险，而且无论如何我都可以为他提供一段时间的食宿。他是一个活生生的流浪汉的典型。阿古斯汀·德·罗加斯就是在十四岁那年跑到塞维利亚当了兵,小癞子也是在十四岁那年离开了父亲的住所,踏上了他走向世界的奇异之旅。从那以后,我常常会带着不安的心情,猜测那个小男孩会有怎样的遭遇。我会想他会不会饿死了,想他会不会被关进了监牢(那也没多大关系,生活本来就要靠运气),我会想警察局会不会抓住了他,将他遣送回了自己的国家。我有一种感觉,没有他无法摆脱的困境。我有一个期望:他能像他所不了解的祖先——黄金时代的那些无所羁绊的海盗那样,为一个又一个主人效力,带着时好时坏的运气,历经一次又一次令人难以置信的冒险,当然他的手法灵巧,头脑冷静,那双明亮警觉的眼睛始终在留心,想抓住每个一闪而过的机遇,就这样终有一天他能成为这个世界的霸主,在他看来,这个世界唯一的意义就在于可以建立丰功伟绩。

六

我想应该是乔治·博洛说过西班牙的语言比它的文学伟大。这种说法是真实的。西班牙语是一种既有力又微妙的工具。它大气庄严,为创造雄辩的效果提供了充足的机会(西班牙的作家们并没有忽略这一良机),同时这一语言十分凝练,从而使人们得以用一种令人愉悦的质朴风格进行写作。它所具有的这种简洁明了是拉丁语难以企及的。

有一个青年男子去了格兰纳达,那是他的第一次到那里游览。抵达的当晚,他在吃完晚餐后感到实在很兴奋,便离开旅馆去了市中心。此时,他已经二十四岁了,可能觉得这一举动适合于这样的场合,他让人领他去了妓院。他挑选了一个女孩,后来除了想起她那苍白的脸庞上有双大大的绿眼睛之外,他对她毫无记忆。他被那双眼睛的色彩打动了,因为往昔的西班牙诗人和作家总是将这种颜色的双眸赋予他们笔下的女主人公。可由于这种颜色在西班牙并不常见,评论家们就认为当作家们提及绿色的时候,其实另有他义。但眼前这个女子的眼睛确实是绿色的。当她褪尽衣衫之后,年轻人吃惊地发现她还是个孩子。

"你在这样的地方看起来太年轻了。"他说,"多大了?"

"十三岁。"

"为什么到这儿来?"

"饥饿。"她回答到。

年轻人肯定受到了一种十分强烈的情感的折磨。那个具有悲剧色彩的词刺伤了他。他给了女孩钱(他很贫穷,付不起太多的钱),让她重新穿好衣服。所有的激情都消退了,他缓缓爬上了山,回去睡觉了。

这是阿朗索·德·孔特雷拉斯自传中的一个章节。阿朗索早年是个卑微之人,最终却成为了马耳他骑士。在我看来这本书堪称叙述文体的杰作和完美风格的典范。在他的传奇人生中,他曾和一个富裕的法官遗孀结了婚,有一段时期他怀疑妻子与自己最亲密的朋友有染。有一天早上,他发现他们彼此相拥。"死,"他写道,"他们死了。"他仅用这样一个冷酷的词汇就打发了这段私情,继续描写其他事情。恰当的写作就是这样的。

西班牙语中有数不清的谚语,它们令这种语言辛辣尖锐。与大多数现代语言相比,西班牙语中虚拟语气的应用更加丰富也更加复杂,从而使演说具有了一种独特的高雅。这种语气在英语中已经几乎很少运用了,而且当我们采用这一语气的时候,听起来也显得矫揉造作。但我认为虚拟语气无可否认地为一种语言增添了优雅和独特。听到一个农民在交谈的过程中以天生的精确性使用语法中不同形式的虚拟语气,这对于任何对迷人事物敏感的人来说都是令人惊奇的。西班牙语的发音比意大利语刺耳。它没有那种听起来稍显乏味的悦耳单音,而是具有一种跳跃的、敏捷的活泼,可以增强听者的注意力。西班牙语高贵从容。每一个字母都有意义,每一个音节都有价值。我喜欢关于查理五世的那个故事:他说过德语最适合用来对马说话,法语最适合用来与政治家交谈,意大利语最适合用来和女人闲聊,英语最适合用来召集鸟群;但是,西班牙语是唯一适合与国王、王子及上帝交谈的语言。

一个学习西班牙文学的学生无疑会沮丧地逐渐意识到这样一个事实:西班牙几乎没有产生几部能与作家们所使用的语言工具相匹配的著作。那里流传着一个关于西班牙语语法的有趣的小故

事。一天,路易十四询问他的一位大臣:

“你懂西班牙语么?”

“不懂,陛下,”大臣回答道,“不过我可以学。”

他开始学习西班牙语,以为国王打算派他出任西班牙宫廷的大使。过了一段时间后,他对国王说:

“陛下,现在我已经掌握西班牙语了。”

“非常好,”国王回答道,“那么你就可以阅读原版的《堂吉诃德》了。”

能读《堂吉诃德》是件了不起的事,那是一段令人难忘的经历:但必须承认西班牙再没有其他值得外国人阅读,可以使他们的精神得到极大丰富的著作了(或许迷人的十字架圣约翰①所写的几首诗除外)。事实上,西班牙并不是一个智力卓越的民族。他们为构成这个世界运行素材的巨大思想宝库所做出的贡献令人惊讶地稀少。西班牙人中既没有产生一流的哲学家又没有产生一流的科学家。他们最好的诗歌,撇开民谣不提,都是源自于意大利的。他们的神秘主义者是从德国和低地国家②的伟大神秘主义者那里获得知识的。西班牙人中最有智慧的当属圣约翰了。他是一个杰出的诗人,像沃恩③一样可爱,像乔治·赫伯特④一样尖锐。他的散文展现了其甜蜜可人的个性和清晰明辨的头脑,他是个天才,但既算不上十分渊博,亦算不上很有创见。

我认为西班牙作家的发展受到限制,主要原因并不在于缺乏天

---

① 十字架圣约翰(Saint John of the Cross,1542—1591):西班牙基督教奥秘神学家、诗人、教义师。
② 低地国家:指荷兰、比利时、卢森堡三个国家。
③ 沃恩(Henry Vaughan,1621—1695):英国著名玄学派诗人,神秘主义者。
④ 乔治·赫伯特(George Herbert,1593—1633):英国玄学派诗人,牧师。著有诗集《寺庙》和散文集《寺庙的牧师》,均系宗教作品。

分，而是在于当时的环境。黄金时代的作家们不可能依靠写作谋取维持生计所需的薪水。尽管在当时对作家的资助可以为显贵人士扩大声望，但达官贵人们通常比他们所赞助的作家们所期望的要更加吝啬。西班牙文学的巨著不是出自职业作家之手，而是由业余爱好者创作的。西班牙的作家是在战争中受伤的士兵，是退休了的外交家，是想要消磨闲暇的牧师，是医生和公务员。他们把写作当成消遣或者是出于赚钱的需要。正如我们所知道的，塞万提斯只有在失业的时候才会写作。如果他当时得到了在美国申请的一份工作的话，我们可能永远也不会读到《堂吉诃德》了。只有当其他的方式都失败之后，他才开始靠写作谋生。我能想到的唯一一位将写作作为职业的重要作家就是洛佩·德·维加，但即便像他这样创作成果丰盛的人，有时也被迫要为某位贵族服务。

你在西班牙作家身上发现的缺点大体上也就是业余写作者会有的那些。他们创作的文学作品尽管有精彩的开篇，却缺乏持久的动力。要想创作一部结构完整，不同章节与整体间关系恰当的巨著需要一生的辛勤努力。只有将写作当成人生主要工作的人才能创作出这样的作品。我们知道尽善尽美是不可企及的，但我觉得西班牙的那些很有天分的作家们在追求完美方面却彻底失败了。当然，西班牙文学也有许多优点。它自然、奇特、充满泥土气息。它很好地表现了那些征服大陆或发现世界的人们，将那些人的残忍、勇敢、激昂、理想主义、朴实、幽默、冷酷和仁慈展现得淋漓尽致。

有人会认为阅读流浪汉小说肯定是一种最愉悦的享受。可恰恰相反，总的说来这是件沉闷枯燥的事情。

我的目的完全不是为了要教导读者，但或许不妨顺便提一下流浪汉小说中的人物取材于社会底层的“渣滓”，小说的主人公要靠自己的机智谋生。小说往往以第一人称叙事。这类作品中主人公的经典类型就是为一个又一个主人服务的男仆。这显然是一个可以使主人公历经各种冒险,展现丰富场景的便利方法。这是西班牙文学中最具代表性的文体。它的广泛影响在英国尤为明显。要不是由于流浪汉小说的流行,笛福[①]、菲尔丁[②]、斯摩莱特[③]、查尔斯·狄更斯的小说很可能与现在全然不同了。据说这一文学体裁是在西班牙发明的,而且西班牙的流浪汉小说的确在欧洲最为流行。但据我所知,西班牙人从来不曾有过任何发明,佩特罗尼乌斯创作的《萨蒂利孔》[④]证明了这种文体在西班牙流浪汉小说出现之前就已经存在很久了。流浪汉小说作为在西班牙长期受人喜爱的骑士传奇故事的对立文体,反映了西班牙人性格的另一个侧面——喜爱嘲弄、讲究实际。这种性格与理想主义的、神秘的性格奇特地紧密共存着。

《小癞子》是第一部西班牙流浪汉小说,也是最短的一部。它的成功为这一文体受到公众的欢迎奠定了基础。文学史家们说这部小说的诞生是缘于社会环境的变迁,工商业和农业的崩溃,以及大都市的权力集中化,从而吸引了形形色色的冒险家。但是现在作家们是不会因为这类的理由创作小说的,至少可读性强的小说不会如此。我也很怀疑十六世纪的小说会是出于这样的原因写就的。评论家们从来都不认为作家们通常是因为兴趣而写作的。我认为这位作者,不管他是修道士胡安·德·奥特加或是退休的外交官迭戈·德·门多萨,十分了解古典著作,对西它司铎所创造的《塞莱斯

① 笛福(Daniel Defoe,1659? —1731):英国小说家,《鲁滨孙漂流记》的作者。
② 菲尔丁(Henry Fielding,1707—1754):英国小说家、剧作家、散文作家。
③ 斯摩莱特(Tobias Smollett,1721—1771):英国小说家,代表作《蓝登传》。
④ 佩特罗尼乌斯(Petronius,? —66)创作的《萨蒂利孔》是一部长篇叙事作品,它长期失传,直至17世纪中叶才被重新发现。从残存部分看,它相当真实地记录了当时罗马上层社会的生活。作品采用诗文间杂的所谓“墨尼波斯文体”(墨尼波斯是前二世纪用希腊语写作的叙利亚作家)。“萨蒂利孔”的原意就是诗文混杂。

蒂娜》一书中的人物原型[①]尤为熟悉。他觉得写一部关于一个小流浪汉的自传是件有趣的事，在想到一个好点子之后，就做了作家们在这种情况下会做的事：把它写下来。他是一个有幽默感的作家，这使他有机会以尖锐的笔调描述许多关于僧侣和教士们的故事。这本小书并不比斯特恩[②]的《多情客游记》长。它讲述了一个流浪汉的出生和童年，以及他在不同的主人那里的遭遇。他伺候过瞎子乞丐、教士、绅士、行乞的僧侣、兜销赦罪符的人、随军教士和警察。后来他还当了叫喊消息的报子，并成为了副主教情妇的恭顺的丈夫。故事的情节进展十分迅速，使读者始终兴致勃勃。作者描绘了小癞子在托莱多侍奉的那个绅士，从而幸运地首次塑造了一个骄傲、饥饿、尊贵而又可悲的绅士形象。通过幽默而哀婉的语言，作者挖掘了其同胞的内心活动。从此以后，这一人物形象再次出现于小说封面或戏剧舞台的次数不胜枚举。

小癞子饥肠辘辘地在托莱多的街头游荡，一个穿着华丽、迈步整齐的绅士突然出现在他面前。绅士打量了他一番。

“小伙子，你想找一个主人吗？”

“我很乐意有位好主人，先生。”

“那就跟着我吧。上帝保佑你遇见了我，你今天祈祷时一定很虔诚。”

绅士将他带回一座家徒四壁的房子，里面没有椅子凳子，也没有桌子，没有隔音板，以至于根本不像有人居住过。过了一会儿，绅

---

① 14 世纪西班牙出现了一本文学巨著——《虔诚之爱》。该书旨在阐扬虔诚之爱用以对抗肉体之爱。作者为 Juan Ruiz，他是 Hita 地区的司铎（arcipreste），故以 Arcipreste de Hita 留名传世。书中一首描述 Pitas Payas 的逸闻趣事诗，取材自拉丁文写作的喜剧 Pamphilus，其主角 Trotaconventos 后来成为《塞莱斯蒂娜》一书中主人公塞莱斯蒂娜的蓝本。

② 斯特恩（Lawrence Sterne，1713—1768）：英国著名作家，代表作有《项狄传》、《多情客游记》。

士询问他是否吃过饭了。

“没有,先生。我今早遇到您的时候还不到八点呢。”

“可是,”他说道,“尽管当时很早,但我已经破过斋戒了。无论早上何时破了斋戒,我都要等到夜晚才会再次进食,所以你就尽量把时间挨过去,等到晚餐的时候再吃吧。”

小癞子有些吃惊,他躲到门后,从怀里掏出两天前别人施舍的几片面包。但是绅士注意到了他的举动。

“到这里来,小伙子,”他问,“你在吃什么?”

小癞子给他看了面包,绅士拿了一片。

“我觉得这面包真是美味可口啊。”他说道。

晚餐并没有如期而至。第二天,小癞子饥饿难忍,只得挨家挨户地去乞讨。当他带着战利品——不仅有面包,还有牛肚和一只牛蹄——再次回来的时候,发现主人正在等他。

“我一直在等你吃饭,”他温和地说,“但因为看不到你回来,就自己吃了。”

小癞子开始吃自己讨来的食物,他的主人面带饥色地望着他。于是小癞子就说:

“先生,好的工具造就出色的工匠。这面包味道不错,这牛蹄烧得很透,皮也剥得非常干净,它的气味就足以诱惑任何人去品尝它。”

“这是什么?一只牛蹄?”

“是的,先生。”

“那我可以向你保证它是世界上最美味的佳肴。野鸡对我来说就绝不会像牛蹄这般可口。”

“我请求您,先生,最好来证明这一点,看看您究竟如何喜欢它。”

小癞子将牛蹄和两三片最白的面包递给了绅士，于是他就在小癞子身边坐下，狼吞虎咽起来，他不停地啃着每一根小骨头，就算猎狗为了活命吃东西也不及他投入。

他拥有土地，倘若土地在更好的地点并且在上面盖有豪宅的话，可以值很多钱。他有一间鸽房，如果不是破败不堪的话，每年可以为他出产超过两百只鸽子。他为了一些触犯其尊严的事情放弃了这一切。他几乎痛揍了一个工匠，就因为在相遇时工匠用这样的话语跟他打招呼："先生，愿上帝接受你的敬意。"可对于那种地位的人而言，问候骑士或绅士的正确方式应该是说："请允许我亲吻您尊敬的手。"他无法忍受任何人，除非是国王，对他说："先生，愿上帝接受你的敬意。"他来到托莱多侍奉某位贵族，虽然常常饥饿难当，却依然保持着尊贵、和善与谦恭。除了上帝以及君王之外，他不受任何人的约束。他维护着荣誉的清白，对于一个诚实的人来说，这是唯一的慰藉。

清晨起身的时候，他会将自己的紧身裤、紧身上衣和外套整理干净；小癞子给他准备好洗手的水；他梳了头，并用剑轻点马鞍。

"小伙子，"他说，"你要是知道这是什么样的刀刃一定会感到惊异的。无论付多少个达卡金币都别想从我这里把它买走，因为尽管安东尼奥锻铸了很多把剑，但没有一把剑的韧度比得上这把。"

他将剑拔出剑鞘，用自己的手指去试刀锋。

"瞧见没？我敢保证用这把剑可以把一团羊毛劈成碎片。"

于是，他提起剑，将它悬在自己的腰带上，迈着从容不迫的步伐大步走出门去。他身板直挺，时而将外套的衣角抛挂在肩头，时而将它夹在臂下，右手总是放在一侧。他姿势优雅、面容高贵地走上街头，以至于你会以为他是王室总管的近亲。谁能想到如此尊贵的绅士昨天一整天仅仅吃了一片在他的仆人小癞子的怀里藏了一天一夜的面包呢？他去了城里的一座水上花园，和漂亮的女子调情：他编造了各种各样的英勇故事，吟诵着比奥维德①的作品还要优美动听的诗句。有时小癞子什么都没讨到，他的主人虽然没有一口食物可以果腹，却依然死守着自己的体面。他一如既往地迈着庄重的步伐，当回到家站在门口的时候，他会为了维护尊严用麦秆剔牙齿，仿佛在告诉别人自己已经饱享过一顿大餐了。

尽管饥饿可能会侵蚀他的命脉，但失望决不会征服他的勇气。作为一位绅士，一个充满尊严的人，他不屈不挠地面对着逆境。西班牙人泪中带笑地承认在他身上有真正的卡斯蒂利亚人的风范。他们的伟大和毁灭都应归功于像他这样的人的存在。甚至连伺候他的小癞子都非常爱他，同情他所承受的苦难，乐意让他成为自己的主人——尽管他的骄傲是那么的不切实际。

像这样柔软微妙的情感在流浪汉小说中是独一无二的。通常这类小说提供给读者的仅仅是有关卑劣伎俩、小偷小摸和粗俗笑话的单调叙述。其中最为流行的小说是《古斯曼·德·阿尔法拉切》。大多数评论家将这部小说描绘成无比沉闷的作品，但我知道我最喜欢的作家赫兹里特②非常倾慕这部小说，赞美这部作品是诙谐趣闻与严肃说教的完美结合。据说机智幽默才华横溢的耶稣会教士巴尔塔萨·葛拉西安因为这本书的娱乐性和卓越的风格而将它常备左右。于是我便抱着好奇心阅读了这本书。一个外国人想要谈论风格的问题时难免会缺乏信心，但即便是个外国人也可以看得出这本书质朴、自然，而且生动。

这部小说具有一种冷静和审慎的风格，这是你在同时期的英国

① 奥维德(Ovid，前43—18)：古罗马伟大诗人。
② 威廉·赫兹里特(William Hazlitt，1778—1830)：浪漫主义时期英国大散文家，代表作为《燕谈录》。

文学作品中无法找到的，直到近一个世纪之后德莱顿①才从法国作家那里学会了这种风格。如果说好的作品应该像一个有教养的人的谈话，那么这本书显然是一部相当出色的作品。但是评论家并没有夸大这本书的冗长乏味。我认为要将整部作品从头读到尾简直有悖人性。书中主人公的角色交替变化：厨房打杂工、搬运工、勇士、士兵、红衣主教的仆人和大使的皮条客、学生，最后成了囚犯。在他的每一次冒险经历之后都有一段冗长的道德说教，奇怪的是这本书在当时的读者中大为流行正是因为有这些令人难以忍受的说教。书中穿插点缀着小故事，其中有一个关于多瑞多和克罗瑞尼亚的故事残酷野蛮，颇为引人入胜。读者当然可以略过这些故事和说教，只阅读种种冒险经历。但这些经历也相当乏味，全都是偷窃、诈赌、卑劣的恶作剧和粗俗的诡计。它们显示出可悲的贫乏创意。书中塑造的许多人物形象都缺乏生命力。这是《古斯曼·德·阿尔法拉切》和其他流浪汉小说共同的缺陷。古斯曼和一个普通的顺手牵羊的小偷没什么区别。在他的整个流浪生涯中，只有行骗这件事可以满足这个无私的犯罪爱慕者。他是一个定居在塞维利亚的破产的热那亚人的私生子。初到热那亚的时候，这个衣衫褴褛的小男孩向他父亲的兄弟表明了身份。就像古往今来所有的无赖那样，古斯曼抱着一个直率的念头：尽管他可以对同伴不好，但同伴一定要善待他。所以当叔父不肯认他的时候，古斯曼觉得自己被狠狠地羞辱了。八年的时光过去了，他决意要展开报复。在米兰赚了一大笔钱之后，他出发前往热那亚。在那里他谎称自己是家境富有、出身高贵的胡安·德·古斯曼。亲戚们认不出这位高雅的绅士就是曾经

① 约翰·德莱顿（John Dryden，1631—1700）：英国第一位受封的“桂冠诗人”，古典主义时期重要的批评家和戏剧家。

被他们赶出城的那个小恶棍。他们猜测古斯曼很有钱，又加之他炫耀自己交游广阔，便愉快地接待了他。古斯曼整日宴请宾客，交际美女，出手十分阔绰。为了挽留住这个富有的年轻人，他的亲戚们甚至提出为他娶一个虽然贫穷却贤淑的少女为妻。古斯曼与到他寄宿的客栈来的访客打牌，高兴的时候就让他们赢上几局，但始终保持着有利于自己的平衡。他最为得意的一项才能就是可以熟练地操纵纸牌，从而根本不必在意赌博运气的好坏。古斯曼和一艘军舰的舰长交上了朋友，他告诉了舰长关于他遭受侮辱从而必须加以报复的故事，并说自己因此要秘密离开热那亚，他和舰长一同谋划前往西班牙。当开航的日期敲定之后，古斯曼就着手筹备了。他将自己的财物偷偷运到军舰上，又买了几个大箱子并在里面装满了石块。他把其中的两个箱子存放在了叔父那里以保安全，并谎称里面放的是价值不菲的金银器和珠宝。为了使房东放心，他把另外两个箱子留在了客栈。古斯曼拥有一金一铜两条链子，但它们的外观完全相同。他通过巧妙的手腕用假的那条作抵押从一个堂兄那里借到了六百个达卡金币，而他的堂兄还以为自己得到的是条真金的链子。他宣布与亲戚为他提亲的那位贫穷却高尚的年轻女子即刻完婚，于是他的亲朋好友们将大量的礼物馈赠于他，礼物多到连他自己都承认不好意思拿走。他把这些礼物也搬运到了军舰上。古斯曼安排了最后一次纸牌赌博，当他最终将朋友们的所有金钱全部纳入囊中之后便登上了船。清晨，他发现自己已经带着战利品航行在大海上了。

由于这个骗子所欺骗的人和他本人一样卑鄙可耻，所以读者根本不会被同情心困扰，而是会为每一个骗局的大获全胜而感到满意。

放下这本沉闷的书，改去读一读维森特·艾斯比内尔写的《马可斯·德·欧布雷贡的一生》会是一种放松。这本书采用了流浪汉小说中的某种新形式，是一本浪漫化了的自传。艾斯比内尔的人生本身就是一部流浪汉传奇，他写这本书不过是在讲述自己的种种经历。他出生在大风肆虐的城市隆达，祖父是桑提亚纳人（吉尔·布拉斯①的出生地），参加了对格兰纳达的征服，于是天主教的君主们便将土地赐给了他。艾斯比内尔学习了拉丁语语法以及音乐基础原理，在二十岁那年，他出发前往萨拉曼卡大学求学。在那里居住了两年之后，学校由于审讯路易·德·雷昂一事而遭到关闭，他也因为缺乏徒步旅行的钱而不得不回到了故乡。他的亲戚创办了一座礼拜堂，并让他当了牧师。这份差事使得艾斯比内尔有了返回萨拉曼卡的钱。他是个诗人和音乐家，这使他得以跻身于城里的饱学之士和名门之后组成的圈子。可是，对名望的渴求令他又一次放弃了学业。他应征加入了舰队，当时正在桑坦德集合准备登舰。然而瘟疫爆发了，舰队无法起航。于是艾斯比内尔便去了巴利阿多利德，在那里侍奉德莱莫斯伯爵。四年之后，他渐渐厌倦了这样平静的生活，就出发前往塞维利亚打算去参加非洲探险队。那次探险以失败告终，浪漫的葡萄牙国王塞巴斯蒂安也在途中丧命②。幸运的是艾斯比内尔到达得太迟了，没能加入探险队伍。

整整一年时间，他在塞维利亚靠撰写淫秽诗文和在酒馆及妓院弹奏吉他维持生计。然后他便坐船前往意大利。当船在卡布雷拉岛靠岸，他和同伴们下船打水时，遭到了海盗的劫持，被带到了阿尔及尔卖给一个叛教者当奴隶。他被迫在一艘军舰上划桨。在历经各种冒险之后，军舰被热那亚人俘获了。艾斯比内尔获得了释放，

---

① 吉尔·布拉斯是法国作家勒萨日的流浪汉小说《吉尔·布拉斯》中的主人公。
② 1578 年 6 月，葡萄牙国王塞巴斯蒂安以讨伐异教徒为名，率军 2.5 万人攻打北非的摩洛哥。与能征惯战的海军相比，葡萄牙陆军的作战能力并不强，更何况他们面对的是陆地扩张的好手阿拉伯人。结果这场战争以葡萄牙人的惨败而告终：国王毙命，士兵阵亡 8 000 人、被俘 1.5 万人。

并在热那亚上了岸。带着钱和一匹马,他从热那亚出发一路前往佛兰德斯。在那里,他加入了亚历山大·法尔内塞①的军队,参加了对马斯特里赫特城的围攻。艾斯比内尔和赫南多·德·托莱多先生成为了朋友,并与他一同回到了意大利。在赫南多的庇护下,艾斯比内尔在那里居住了三年,写诗和研究音乐,还游览了那个美丽国度的很多城市。后来他的身体状况不比从前,青春已成过往,他开始觉得一种更加平静的生活也许会适合自己。于是艾斯比内尔回到了西班牙,他被任命为牧师并定居在了隆达,在令人尊敬的宁静中度过他的垂暮之年。他发表了自己的诗作,还翻译了贺拉斯的《诗艺》。然而音乐和愉悦的谈话艺术才是维森特·艾斯比内尔的激情所系。在隆达没有能够与他交谈的人。那里的居民只关心天气和庄稼。他的诗作愈发忧愁。他抱怨那里的人们说他的坏话。不久,艾斯比内尔去了马德里。在那里他通过影响力得到了隆达皇家医院牧师的职位,这是个薪水丰厚的差事。但是他几乎没有离开首府的打算,于是就派了个替代者去履行他的职责。隆达当局抱怨了艾斯比内尔的行为,尽管他一再抗议,一道皇家的指令还是逼迫他亲自履行义务。他闷闷不乐地在隆达过了三年,当地的百姓责备他,但这指责的确是公正的,因为他行为恶劣,生活放荡。最终他还是指派了另一个替代者,自己回到了马德里。艾斯比内尔在阿尔卡拉取得了文学硕士学位,普拉森西亚主教任命他为自己的牧师和音乐主管,并给了他丰厚的薪水。他就在首府长久定居下来。

艾斯比内尔颇有名望。正是他给四弦吉加上了第五根弦,与他同时代的人还将一段诗节的发明归功于他,这段诗节就以他的名字

① 亚历山大·法尔内塞(Alexander Farnese,1545—1592):即帕尔玛公爵,西班牙国王腓力二世之侄,著名将领。

命名。他是塞万提斯以及洛佩·德·维加的朋友，是文学聚会中的重要人物。作家们呈上他们的作品，求他指正。艾斯比内尔就是以这样愉悦的方式度过了生命中的最后二十五年。在他莽撞的青年时代，他写作，他几乎没有什么优点，倒有不少恶习；他很少遵守节制的法则；他享受用餐的乐趣，酷好饮酒；他在塞浦路斯的祭坛上做了很多次的愉快的献祭。坦白说来，他喜欢佳肴美酒，并且一有机会就嫖妓。艾斯比内尔回想起往昔的放纵欢愉，希望他的经历可以使他人引以为戒，于是便写下了名为《马可斯·德·欧布雷贡的一生》的小说。这部著作最初发表于1618年，那时候他已经是六十六岁的高龄了。

艾斯比内尔的目的是为了说教，但是他的道德反思基本上都很简短，而且在对过错进行责备时也带着一种深谙世事的宽容。他将人类的堕落归咎于判断的错误。马可斯·德·欧布雷贡并非恬不知耻地讲述自己流氓行径的无赖，而是一个观察者，以随遇而安的态度对待生活。他并非仅仅周旋于社会的糟粕之中，他也与绅士、有学问之人和音乐家为伴。你一定会得出这样的结论：维森特·艾斯比内尔是个迷人、亲切、勇敢、明智的人。他才华出众，也懂得享受生活。

这本书中有一段情节真是很感人。当艾斯比内尔（因为尽管他声称写的是马可斯·德·欧布雷贡，但描绘的其实就是他自己）在阿尔及利亚的军舰上遭到热那亚人的俘获后，他们把他当成了叛教者，给他上了手铐，用棍棒打他，并告诉他一到热那亚就要将他吊死。当他被打的时候就高声呼喊："他们说热那亚没有木头，但我看那里有足够多的木头等着我呢。"站在一旁的两个乐师听到了他的反驳，不禁大笑。艾斯比内尔非常熟悉其中的一位乐师，但却羞于暴露自己的身份。由于他不承认自己是叛教者，舰长下令除非弄清他的身份否则不得虐待他。于是他们除去了他的手铐。军舰在里昂海湾遇到了一些风暴,当风暴过去之后,舰长马赛洛·朵芮亚命令他的乐师们为他演唱。他们唱的第一首歌就是由艾斯比内尔填词并作曲的。副歌部分是:

"善可疑,恶必定。"

他们演唱了一段又一段的歌词,当他们最后一次唱到副歌部分的时候,艾斯比内尔再也无法自持。

"我的痛苦仍在延续呵!"他呼喊道。

演唱者听到他说的话,望了望他。但这位演唱者是近视,而艾斯比内尔又衣衫褴褛。苦难和穷困使他发生了巨大改变,以至于别人几乎认不出他来。那个名叫弗朗西斯科·德拉·佩纳的演唱者盯着艾斯比内尔看了一会儿,忽然间他无法言语,泪水湿润了双眼,他拉住艾斯比内尔的手臂,对舰长说:

"阁下,您认为和我们在一起的这个人是谁?"他问。

"谁?"

"这些歌词,这段旋律还有许多我们为您演唱的曲子都是他创作的,阁下。"

"你说什么?叫他过来。"

舰长看到自己久闻大名的那个人居然身陷如此狼狈的困境,感到十分震惊。他立即赐给了他得体的服装,并对他非常关心。

这是亚里士多德认为在悲剧当中最感人的"突转"与"发现"的一则佳例①。

① 古希腊亚里士多德(前384—前322)在《诗学》中曾详细地研究过悲剧。书中讨论了"痛苦"和"恐惧"的效果,并指出"突转"(peripeteia)与"发现"(anagnorisis)是情节的组成成分。"突转"是指剧情向相反方向变化,这种变化或出于偶然或出于必然。"发现"指的是从不知到有知的变化,并使那些命定具有好运或厄运的人物产生友爱或仇恨。

有一件事情令孜孜不倦阅读流浪汉小说的读者颇感震惊，那就是小说的作者们奇怪地忽略了时代所给予他们的机会。那可是个伟大事件层出不穷的时期。塞万提斯在勒班多战役中负伤，那次战役是在腓力二世统治下最伟大的一次胜利。荷兰发生起义，阿尔巴公爵被派去镇压叛乱。葡萄牙被并入了西班牙王国。美洲拓展了新的疆域。德雷克①在卡蒂斯侮辱了西班牙国王，无敌舰队从里斯本起航护送伊莎贝尔公主赴英国登基。可据我的记忆，没有任何一个小故事运用过以上的素材。如果小说提到印度群岛，那也仅仅是因为某个冒险者从那里携带财富归来，有可能会遭遇劫掠。某些名人参加过佛兰德斯战争或者准备出发前往那里。但我从未读过关于他们在那里所作所为的故事。在当时对摩尔人的驱逐中伴随着残酷和勒索，像索洛沙诺②这样一位稍晚些的流浪汉小说家本来是可以对这样的题材善加利用的。显而易见的是当时的作家对那个时代的种种事件并没有产生哪怕是零星的兴趣。他们继续讲述着客栈老板的诈骗行径，街头乞丐的刁钻诡计以及无赖之徒的偷鸡摸狗。这似乎显得非常奇怪，但只要想到简·奥斯丁生活在拿破仑战争时期却满足于描绘（噢，天晓得她的笔调是多么优雅诙谐）真诚质朴的绅士淑女们悱恻缠绵的卿卿我我，再想到亨利·詹姆斯目睹了美国从一个偏僻的国度崛起为世界霸主的过程，却致力于用微妙细腻的手法叙述上流社会的病态爱情，那么这一切也就不足为怪了。我决非要对此加以指责，仅仅是评论罢了：或许小说家抛弃那些对国家繁荣、文明进步意义重大的事件，而着力于平凡生活里的种种琐事是出于一种合理的本能吧。毕竟这世界上只有一个沃尔

① 德雷克（Sir Francis Drake，1540—1596）：英国航海家，最初环绕地球航行一周的人。
② 索洛沙诺（Alonsode Castillo Solórzano，1584？—1647？）：西班牙小说家、剧作家，他的作品一般都是冒险故事，写得巧妙曲折。

特·司各特爵士，也只有一个托尔斯泰。摩尔海盗掠夺了西班牙的沿海，这个国家遭受了沉沦与压迫，事实的确如此：当地的客栈令人毛骨悚然，客栈老板敲诈勒索，倘若你用餐时点了只野兔，很可能端上来的是一只猫。

现代读者不可能不对流浪汉小说中较少有性描写而感到惊讶。我不清楚这是由于对宗教裁判所（它总是警惕地关注着文学作品）的畏惧，或是由于西班牙人天生的健康——他们将性交看作是人类正常的机能，其重要性不比吃饭喝水更多（或更少）。流浪汉小说极其纯洁，这种情况至今未变。小说中充满无赖气的主人公偶尔对城里的一位女士投去爱慕的眼光，但他往往被骗去钱财，失意后被草草打发。但即便这样的情节也很少见。更多时候，青年男子的注意力会转向妆奁丰厚的少女或富有的寡妇。他的那份痴迷是基于讲求实际的考虑。在那些以女子为主角的书中，会有很多男人试图诱惑她失去贞操（那时的西班牙人和现在一样，显然认为对一个娇美少女所做的第一件事就是将她抱上床），可是她会机智地躲避追求。她巧妙施计从爱慕者那里骗取钱财，但除非有教会的祝福，否则绝不会献出宝贵的贞操。因而小说中会有一定数量的（尽管微乎其微）真正的风月之事，但不会出现爱情。关于这一话题，我接下来还会进一步谈及。

如果你对爱情的描写感兴趣就一定要读阿古斯汀·德·罗加斯在《有趣的旅行》一书中插入的自传性的片断。在士兵米格尔·德·卡斯特罗的生平故事中描述了他对那不勒斯的一个高级妓女的强烈情感。尽管这种关系有些肮脏，却有一种真正惊心动魄的力量。他对那个美丽的风尘女子的情感并非浪漫的爱情，但那仍然是爱，一种猛烈的、嫉妒的、急切的爱，一种他甘愿承受任何威胁冒任何风险的爱，一种甚至可以慷慨相待牺牲自我的爱。故事还附带展现了士兵与他们长官、仆人与他们主人之间的种种关系。因为米格尔·德·卡斯特罗在当时是卫戍部队指挥官堂·弗朗西斯科·德·卡纳斯的勤务兵。当弗朗西斯科先生发现了他的部下迷恋烟花女子的时候，他仁慈地，尽管也确实是不近情理地，试图通过斥责和善意的劝告使他斩断情丝。可是当他发现尽管自己再三警告，他那多情的部下仍然整夜与妓女厮混时，他叫人锁上了宫殿的门并把钥匙送到他自己的房间里。但米格尔·德·卡斯特罗还是将钥匙偷走了。然后他命令米格尔·德·卡斯特罗睡在内室，这样的话米格尔·德·卡斯特罗如果要出去就必须经过自己睡的房间。但那个情种还是耍花招瞒骗过了他。最后，他在绝望之中判米格尔·德·卡斯特罗入狱一个月，认为这样就可以终止这段不但有失礼节而且危害了那个卑微部下灵魂的孽情。米格尔·德·卡斯特罗是这样描述接下来发生的事情的：

"当我从监狱和隔离室获得释放后不到半个小时，我就立刻前去看望那个对我的无知充满假慈悲的女人，那个迷惑我感官的塞壬①，我肩上的西西弗斯②之石，折磨我的伊克西翁③车轮。因为她那里是我的感受力的源泉，是我的才华的聚集之所，是我幸福喜悦的殿堂，是我甘愿献身的偶像，是我坚定信仰的法则。"

没有任何情人能说出比这更动听的言语了。

最好的、也是最具阅读性的流浪汉小说当属《吉尔·布拉斯》，书的作者是个法国人。西班牙人当然从未承认这一点，他们声称那

① 塞壬：希腊神话中半人半鸟的海妖，常用歌声诱惑过路的航海者而使航船触礁毁灭。
② 西西弗斯：希腊神话中古时国王，因作恶多端，死后堕入地狱，被罚推石上山，但推上又滚下，永远循环不息。
③ 伊克希翁：希腊神话中之拉庇泰王，因追求天后赫拉被主神宙斯缚于永远旋转的车轮上受罚。

本书不过是西班牙小说的大杂烩。但事实并非如此。勒萨日①确实借用了西班牙小说，特别是《马可斯·德·欧布雷贡的一生》中的一些情节，但那个时代的作家都有这个习惯。倘若我的这本书是部学术著作，而不是一本娱乐消遣的作品（像我所盼望的那样），那么我可以列出一长串作者的名单，他们都以这种方式擅自使用了前人的著述。像莫里哀这等身份的作家不仅在他的剧本《爱丽德公主》中毫无创见地仿效了莫雷托②的剧本《鄙夷的蔑视》，甚至几乎一字不差地照搬了其中的一些场景。西班牙的作家们也并没有更加谨慎。莫雷托自己就借鉴了前辈们的戏剧作品，（以对这些作品更为有益的方式）改写了它们，并毫无内疚地将之作为自己的作品搬上了舞台。因此勒萨日在适合自己写作目的前提下对他人进行了借鉴，但是其小说的主要价值，它的智慧和幽默，它的节奏、生动和丰富则应当归功于其本人。与一般的流浪汉小说一样，《吉尔·布拉斯》是以第一人称展开叙述的。现在经验已经证明了要想清晰明白地讲述自己故事相当不容易，而吉尔·布拉斯本身也有些含糊。然而，他并不像许多流浪汉那样是个彻头彻尾的无赖之徒。他在年轻的时候有几分流氓习气，但每当他举止恶劣的时候自己都有所意识。渐渐地他变成了一个非常令人喜爱的人。他忠诚、仁爱，对所受恩惠满怀感激并竭尽全力帮助友人，因而当你看到他最终事业发达生活美满时会感到欣慰。他的确遵循了当时的一种普遍的方式（就像菲尔丁所做的那样），用人物在路上的偶然遭遇等等不相干的故事打断了叙述，但他是以一种适度的类似真实的笔法来描

① 勒萨日（Le Sage，1668—1747）：法国多产的讽刺剧作家，著名的流浪汉小说《吉尔·布拉斯》的作者，法国写实主义先驱。
② 莫雷托（Agustin Moreto，1618—1669）：西班牙戏剧家，其作品可分为描写圣徒生平的宗教剧、历史剧、偏重情节的阴谋喜剧和性格喜剧四个种类。

述这些故事的。可是,《吉尔・布拉斯》超越作为其原型的西班牙小说的一点在于它具有形式。这个优点对于法国人而言似乎是很容易达到的,而形式是构成好小说最不应缺乏的一个品质。

西班牙仅仅产生了一部在世界文学领域地位毋庸置疑的作品,这当然就是《堂吉诃德》。我根本无需赘述这部著作的种种优点。它们如同正午的阳光一般耀眼。书中的骑士是人类智慧所创造出的最具同情心、最惹人喜爱的人物形象。人们对他怀有一种亲切温柔之情,而对生活在这艰难尘世中的血肉之躯是很难产生这种情感的。堂吉诃德与他的仆人是不朽的西班牙人,至少那些以学识而自负的人会像我们英国人过去读《圣经》一样地阅读这本书。我曾在马德里遇到一位著名的学者,他告诉我他已经将这本书读了五十遍。《堂吉诃德》一书具有显著的现实主义和崇高的理想主义色彩,西班牙人已将它看作是他们自身性格的真实再现。在阅读此书的时候,他们能够理解激发其祖先踏上冒险之旅的民族情绪,正是这种情绪使西班牙得以成为世界上最强大最富有的国家,也正是这种情绪使西班牙人以虚掷财富和草菅人命为代价将天主教会的宗教信仰强加于异教徒,致使国家堕落沉沦。倘若有人声称这本书中有种种不尽如人意之处,那么这对于西班牙人而言则几乎意味着对其个人的攻击。

然而在我看来,很难找出一本书像《堂吉诃德》这样,既如此伟大又有如此之多的缺点。正如我们所知道的,《堂吉诃德》原本是个短篇小说,塞万提斯将它朗读给朋友们听时获得了好评,据说正是这次成功促使他将小说扩展成了我们今天读到的这部皇皇巨著。书中穿插着短小的故事以及当时流行的田园插曲。当时的评论家对这些与宏旨关系不大的枝节颇为挑剔。在书的第二部分,这些为评论家所诟病的内容变得更加似是而非了。桑丘・潘沙的俏皮话刚开始还是很自然地脱口而出的，到后来就变成了过分的堆砌以至于逐渐乏味起来。第二部分很多情节推进的方式也很笨拙。塞万提斯捏造说，书的第一部分已经发表，而骑士在他的最后一次旅行中就遇上了许多读过第一部分的人。他以这种方式来防止读者沉湎于悬而未决的质疑当中，从而使他们相信所读到的内容是真实的。最后的几个章节写得很粗糙，但这本书最大的弱点在于塞万提斯迫使主人公去做其根本不可能做的事情，这肯定会令任何反应敏锐的人感到愤慨。他告诉我们堂吉诃德在临终之时承认自己编造了在蒙特吉诺斯山洞的冒险经历。骑士不能够说他自己认为不真实的话，这是人人皆知的。当塞万提斯让骑士承认自己撒了谎时，他诬蔑了他的主人公，同时也暴露了自己的愚蠢。

柯勒律治[①]谈到这部伟大著作时说这是一本只能从头至尾通读一两次，但却可以重复翻读个别章节的书。这是一个很好的忠告。

① 柯勒律治（Samuel Taylor Coleridge，1772—1834）：英国湖畔诗人，著名评论家，浪漫主义思潮的主要代表。

七

阅读流浪汉小说只能获得关于黄金时代西班牙人的举止、思维方式和情感的片面了解,要是你认为能从中得到更多更全面的知识,这种想法是荒唐可笑的。小说呈现的仅仅是景象的一个侧面。要想了解另一面,你则必须去看戏。没有任何时代、任何国家的戏剧像在西班牙的这一百年间那样的繁荣昌盛,它的辉煌以卡尔德隆的去世而告终。如今,戏剧已成为一种流行艺术,一个剧本要成功就必须反映出时代的精神。一出戏是剧作家、演员和观众之间的一次紧密合作。除非观众能同样分享作者的构思,否则就无法发挥作用。他展现在观众们面前的情感必须是能引起他们共鸣的。他必须去感受他们所感受的,他的道德观念也必须与他们相同。有时,他表现的情感和道德观是他的观众已经感知到了的,但他们却出于腼腆或迟钝拒绝将之述诸文字。那么此时他就会被人充满敬慕地描绘成想法丰富的剧作家。娜拉的反抗①震惊了当时的社会。然而如果不是因为观众心中已经存在着模糊却根深蒂固的感觉,认为女性有表现其个性的权利的话,戏剧中的观念就会是荒谬的(那么这出戏也就会失败了)。因此通过阅读一个时代的剧本,你就能够很好地了解到那时的男男女女对于影响他们生活的重大事件抱有怎样的想法。

可是,如果说戏剧展现了一幅有关人们思考和感觉方式的适当画面的话,那么反之,它也影响了人们的思想和感情。戏剧表达了人们压抑的欲望,并且通过其生动形象的魅力,促使他们将内心的渴望付诸行动。它所激起的情绪的感染力以及人对人的谈话使戏剧拥有了小说所无法匹敌的力量。因为娜拉当着海尔茂的面摔门而去,因此出现了比任何时候都多的离开了丈夫的妻子们;由于看到维特②患有那个年龄的精神忧郁症,很多人便开枪自尽了。必须承认的是自杀是一件激烈并且常常是痛苦的事。剧作家不仅再现了所处时代的人物,还通过逼真地表现人物的本能脾性,把他们塑造成自己所设计的模式。因此科沃德先生③不仅描绘出了一战后的十年里的那种充满抱怨的轻薄无聊,并且创造了牢骚满腹而浅薄轻佻的一代人的形象。正是归功于这种力量,剧作家才得以施加影响,教会总是以怀疑的眼光看待戏剧,这或许是明智的。

当你从这个角度出发研究西班牙戏剧时,会获得一些非常有趣的发现。这一领域是广博的,我想即便是最勤勉的学生也不可能完全将它掌握。洛佩·德·维加一个人创作的戏剧就与伊丽莎白一世和詹姆士一世时期所有剧作家的作品一样多。据说他总共写了两千两百部戏。现存的差不多是其中的五百部。我读了二十四部。阅读这些作品时我是愉快的,但却没有想要读更多的强烈渴望。他丰富的作品产量自然令人惊异,这也是一个作家值得被赞赏的品质。多产意味着旺盛的体力,与网球运动员一样,作家若没有体力就无所作为;多产还意味着活力、创造力和广泛的兴趣,拥有这些素质的作家有时会写出杰出的作品。我不信任那种声称有创造力却产生不出作品的天才。洛佩·德·维加说他一辈子每天都要写二

① 娜拉的反抗:出自易卜生的《玩偶之家》。它通过女主人公娜拉与丈夫海尔茂之间由相亲相爱转为决裂的过程,探讨了资产阶级的婚姻问题,暴露男权社会与妇女解放之间的矛盾冲突,进而向资产阶级社会的宗教、法律、道德提出挑战,激励人们尤其是妇女为挣脱传统观念的束缚,为争取自由平等而斗争。

② 维特:出自歌德的《少年维特的烦恼》,描写了少年维特爱上已与人订婚的少女绿蒂,终因无望而自杀的悲剧故事。

③ 科沃德(Sir Noel Coward,1899—1973):英国剧作家、演员和作曲家,擅长写风俗喜剧,作品有《漩涡》、《欢乐的心灵》、音乐剧《又苦又甜》等。

十张纸，还有超过一百部喜剧是在二十四小时内创作出的。同时代的人称他是“智慧的凤凰”，塞万提斯则把他描绘成“一个造化的天才”。但是那个时代最伟大的两个作家之间从未有过深厚的交情，读者（如果他对作家有任何了解的话）不会对此感到奇怪。在写给一位朋友闲聊的信中，洛佩说到赞扬《堂吉诃德》的人是世界上最愚蠢的人。洛佩第一部上演的戏剧创作于他十二岁那年，在接下来的五十年里他始终占据着戏剧界至高无上的地位。当年轻一代的剧作家前来请教的时候，他坚决地将他们拒之门外。他从国王那里获得了一小笔养老金，而且作为伟大的曼里克家族的门客，他还在阿维拉享有一份牧师职位的薪水，但他生活的主要来源是写作。剧院经理们支付给他每部戏五十个达卡金币的报酬。那时候一个达卡金币的价值似乎在五到十个先令之间，但它的购买力却至少超过十倍。这样说并没有太大意义，于是我便怀着好奇心，注意了一下购买某些日用品的相对价格。据塞万提斯的《狗的对话录》中的筹划者所说，一个人一天可以靠一个半里亚尔①过活，一个达卡金币值十一个里亚尔。从《年轻的吉卜赛女郎》中我了解到了十个达卡金币就是买头驴的好价格了。刚才我已经提过了一出三幕的戏剧价值五十个达卡金币，当塞万提斯得以从阿尔及尔的奴役中被解救出来的时候，他的赎金是五百个达卡金币。另一方面，当一个中年绅士想要摆脱一直在他保护下的塞万提斯的女儿时，他必须为她提供一座房子和两千个达卡金币。很显然，以此可以推算出一部戏剧的价格是一头驴子的十倍，一个天才的价格则是一头驴子的五十倍。但是一个少女的清白却是一个天才四倍的价格。据我们所知，一个贞洁女子的价格比红宝石还要珍贵许多。

---

① 里亚尔：旧时西班牙和拉丁美洲国家通用的银币和货币单位。

尽管某些评论家吹毛求疵（评论家们向来如此），因为他们认为洛佩对于古代的戏剧规则没有给予足够的尊重，但是大众却一致为他叫好。他是位流行剧作家。在那个幸运的时代，这并不是个责备的称呼，洛佩不仅得到普通大众的喜爱，还备受伟人、上流社会和有识之士的推崇。尽管有的时候（作家们向来如此），他会尖刻地讥讽大众，但他寻求的正是他们的支持。“如果任何人对我的戏吹毛求疵，”他说，“认为我是为了名声才写作的，那么让他醒悟过来，告诉他我是为了钱才写的。”他创作戏剧是为了取悦观众。他是那个时代为数不多的职业作家之一，具有职业作家的优点：他从不在揭示主题上浪费时间，而是一个事件接着另一个。尽管有的事件并不太可能发生，但通常都充满戏剧效果。他的语言平易自然，对话尖锐机智。他必须在特定时间内完成所有的情节，而且更重要的是还要抓住观众的注意力，这使他避免了西班牙文学中最常见的两个缺点：分散和离题。现在的评论家们指责他的戏结局突兀。的确，通过研究会发现他戏中的悬念似乎是被剪断而不是解开的。他是个即兴剧作家，对于即兴剧作家而言有一点总是相同的：他的主题和开端是依靠与生俱来的灵感，在极大程度上是相当出色的；可当灵感离他而去的时候，他既无法求助于坚实的结构感，也不具有智力的能量，可以使他通过运用理性为作品设计一个合情合理的结局。但我并不确定洛佩戏中这些草率的结局在演出中会令人不快。他知道当通过展示主题引起了观众的兴趣，并且在剧情发展的过程中通过呈现意料之外或惊心动魄的事件抓住了他们的注意力，那么当结局就在眼前时，最好是尽快结束它。观众们已经看够了，只要能赶紧离开戏院，他们才不在乎你用什么方式给予他们自由。他们急于看到结局，如果剧作家受到一种适当感的驱使，要将所有的情节梳理纳入一个整体模式中的话，观众们很可能会觉得无聊。他们会将其中大部分内容看成是理所当然的。明智的作家会在他的观众仍然沉迷戏中的时候降下帷幕。

在令人无法忍受的《阿卡迪亚》中，洛佩借其中一个人物之口说出："诗人不但必须要了解所有的学科，或者至少是它们的基础知识，他还必须拥有对在陆地上或海上发生的所有事情的最伟大的经验……他还必须知道生命的习性和方式，以及形形色色人的风俗习惯，最后还要知道他们谈话、论述和创造的所有事情……"没有人比剧作家更应该刻意追求这样的理想了。洛佩·德·维加当然也为自己寻找机会以获得对他有用的经验。他的人生是一部充满浪漫冒险、猛烈激情和爱国美德的长篇小说，读起来就如同他自己创作的一部"斗篷与剑"①的戏剧。他的第一桩著名风流情事的女主人公是一个演员的女儿，也是另一个演员的妻子。当她为了一个更富有的追求者而把洛佩抛弃之后，他写了有关她家庭的下流庸俗的诗来为自己复仇。他遭到逮捕并受到了审判，他被驱逐出了马德里，违则处死。但是没过多久他就回来了，并和纹章院②院长的女儿伊莎贝尔·德·乌宾纳私奔。他和她结了婚，并立即随无敌舰队远

① 斗篷与剑：洛佩·德·维加的戏剧取材极为广泛，从内容来看，他的剧本主要可分为两大类：第一类写爱情和家庭问题，其中一大部分被称为"斗篷与剑"的喜剧，因为主人公多半是以斗篷与剑为服饰的贵族。洛佩把爱情看作一种可以冲破封建道德和等级偏见的力量，他歌颂青年追求爱情自由的斗争，如《园丁之犬》(1618)、《带罐的姑娘》(1627)，有些剧本还描述了人民怎样为维护自己的爱情与权利而向专横的贵族展开斗争，如《最好的法官是国王》(1620—1622)。但是也有些"斗篷与剑"的喜剧只写贵族家庭纠纷和维护贵族荣誉的题材，局限较大。第二类剧本是谈社会政治问题的，主要取材于民族历史和民间传说。这类剧本揭露了暴君的罪恶，塑造了一些理想君主的形象，如《塞维利亚之星》(1623)，有些则直接描写西班牙农民对封建主的反抗。

② 纹章院：早在12世纪就有纹章官的出现，开始时，纹章官类似依附于贵族之奴仆，地位相当于魔术师及吟游诗人，后来被当成比武会上的司仪，宣布比武项目及骑士名单。为识别骑士，必须对盾牌上之盾纹有所了解及认识，因而产生了纹章艺术的知识和技能。13世纪时，纹章官主要的工作是处理贵族事务，到了14世纪，纹章官之权力有所扩大，15世纪初，最高纹章官已能授命给低级贵族颁赠封号。到了国王停止直接授予纹章时，此一权力便由纹章院代行。

航。他把那些写着给薄情女演员的诗歌的纸张当作枪垫。他目睹了自己的弟兄在身边被杀害。他的妻子也死了,三年之后他又娶了一个杀猪屠夫的女儿。不久,他因为和某个叫做安东尼娅·特里略的女子有染受到指控,并与一个叫做米凯拉·德·路冉的女演员坠入了爱河。他的妻子和情人都为他生了孩子。一个愉快的巧合是,她们都为他生了个儿子,前后只差了几个月,他骄傲地将他们分别命名为洛佩·费利克斯和卡洛斯·费利克斯。大约在1613年8月中旬,屠夫的女儿难产而死。九月份,洛佩作为菲利普三世的扈从前往塞哥维亚。他和女演员杰罗妮玛·德·布尔戈斯住在了一起;"在这里,我看到了贵族们在我的房子附近徘徊,"他写道,"勇士们来了,但带来的钱不能满足我们的需要。"看起来这位"时代的凤凰"在某些时候也不过就是个皮条客。第二年的年初,五十出头的洛佩决定成为一名牧师,1614年3月,他获得了任命。他并没有丧失繁育能力,玛塔·德·尼瓦瑞斯·桑托约为他生了两个孩子,在一首田园诗中他把她称作阿马利莉斯,并对其大加赞美。洛佩继续创作戏剧,还写了大量的诗歌和一些散文。他是一位尽职尽责的牧师,为一个虔诚的共济会工作。共济会负责掩埋那些穿着衣服的或是赤裸的贫困牧师,并救济穷人。作为宗教裁判所的常客,他主持了对一个异教僧侣的火刑。在履行这些职责的时候,他始终怀着天主教徒的仁慈博爱。在他简朴的住宅中有一间祈祷室,他在那里长时间做着祷告。他鞭打自己,因此房间的四壁都溅有鲜血。弗雷·弗朗西斯科·德·佩拉尔塔在洛佩葬礼上的布道中提到有一次一个人到他家中提出决斗的挑战。

"让我们到外面去,"他喊道,拔出了剑。

"走吧,"洛佩回答道,他缓缓穿上外套,"我到祭坛去做弥撒,你做祷告协助我。"

在他下葬之后,被一大群人跟随的葬礼队伍为了经过圣三一会修女的修道院,而避开了直接的通路。洛佩的私生女就在那座修道院里当修女。

尽管洛佩·德·维加创作了各种类型的戏剧,浪漫的、历史的、田园的以及宗教的,但他的名气主要还是依靠被称作“斗篷与剑”的阴谋喜剧。这些喜剧展现了一幅黄金时代生活的鲜明而多样的画面。现在的人可以饶有兴致地阅读他的戏剧作品,但很难被激起更强烈的感情了。洛佩的表达流畅,虚构丰富,对戏剧性的效果有判断力,对生活中五花八门的场景感觉敏锐,尽管如此,他的智力却平平。他是个和善的、普通的、世俗化的人。事实上一个想要成功的剧作家就应该像他那样,个性无关紧要。他塑造的人物形象十分单薄,他笔下的那些高贵多情的男主人公们都大同小异,难以区分。有时候他描绘的女人们倒会有些基本的个性特征,偶尔还会表现出一丝讥讽的幽默。但他笔下的男人们却不会如此。他的女主人公们清楚自己需要什么——男人,她们毫不迟疑地用尽各种手段得到他。爱情是洛佩的戏剧中重要的主题:男女主人公一见钟情,爱得地覆天翻,为了获得幸福而不顾一切。但在大部分情况下戏中的爱情是以婚姻为结局的高尚爱情:高贵的勋爵也许无意履行自己的诺言,但是直到他承诺之后,他的情人才会允许他上床。十分奇怪的是当婚姻无望的时候,这份爱情竟会像它产生时那般突然地中止。因此,在《确定与怀疑》中,国王佩德罗被一个叫做胡安娜的女子迷住了,当她告诉佩德罗他的弟弟安立奎吻了自己之后,怒不可遏的佩德罗下令将其弟处死。然而一旦他发现胡安娜与安立奎已经成婚了,他的激情就一下子烟消云散,并将祝福给予了这对情侣。在另一部戏剧《过桥,胡安娜》中,当一个贵族男子独自在塔霍河的一个小岛上得遇意中人时,她只得告诉他(用了一百五十行诗)自己的人生故事,希望他能将自己交还给已有婚约的夫君。他的确相当慷慨大方,甚至还送给了女子一份嫁妆。

作为一个外国人,我若试图评判洛佩诗文的价值未免显得鲁莽。我能够欣赏其中的流畅与优雅。他的诗句并非常常是单调的。在频繁出现的快速间断的对话场景中,他凭借非凡的技巧保持了整体的结构。然而,我根本感觉不到真正的诗歌的声音。在沉湎于一般性沉思的时候,他是平庸陈腐的,当他开始进入辞藻绚丽的段落时,阅读他的作品则需要很大的耐心。那时你就会希望文艺复兴从未重新发现过古代的遗迹,这样你也就不必读到那些乏味的希腊诸神和铁石心肠的罗马英雄的典故了。洛佩的诗中有许多关于众多女子粉红色的双颊、珍珠色的牙齿、雪白的额头以及大理石色的双手的描写,想必没有几个人读起来会觉得甘之若饴的。

可是倘若一个观众能够出于对诗歌本身的兴趣而为之着迷的话,那会是多么幸福的情形呵!当然,那时候几乎没有人能够阅读,人们的耳朵要比现在人的更加敏锐。书籍是稀有的。读者应当记得在像罗耀拉那样名门望族的城堡里也不过只有两本书。我相信在一个英语国家同等地位的家族中你不但会找到《圣经》和莎士比亚的作品,还会发现很多本装订成册的《赛马指南》,我的想法并非仅仅出自爱国的偏见。关于做诗的奥秘我所知甚少,因此是从文学史中才了解到洛佩·德·维加是所有诗歌样式的大师。说实话,要想以最佳的效果欣赏他的戏剧,你最好是把它们看成歌剧式的“书籍”,在这些书中,诗句取代了音乐。例如,他会创作一个风格大胆的段落,其中有三个人在添油加醋地谈论一个想法,每个人都以同样的叠句结束他的发言,所以你几乎可以听见观众席中爆发出的为他的独创性而喝彩的掌声。有时,戏中的一个人物会用四行诗句呈现一个主题,然后再以若干诗节进一步详述这一主题,每一个诗节都以四行诗中的一句作为结束。这就像《女人善变》[1]那段固定的咏叹调一样。在我读过的他的一部戏中,所有的独白都以十四行诗的形式表现。这种方式产生了一种形式上的与众不同,对于能够品味此般优雅的观众来说这是相当受欢迎的。这种方式也使得独白具有了一种令人愉悦的简洁效果。我在某个地方读到腓力三世的朝臣们通过以诗歌的形式交谈来自娱。这真是一项可爱的技艺。

剧院最初就是住宅的院子。戏台搭在院子的后面,上流社会的人就从院子周围的房屋的窗户中看戏,而平民百姓则站立在院中。环绕院子四周的是为付得起座位钱的人准备的加高的长椅。女士们坐在被称作"长柄炖锅"的楼座中,这样的楼座有单独的入口,男士不得进入。不过想把他们挡在门外也很困难。我读到过贝纳多·德·索托进入楼座之后掀起了正在看戏的女子们的衬裙,触摸了她们的腿,由此引发了极大的公愤。人们对于座位的需求十分强烈,以至于一些窗口和长椅被留下当成了传家宝。站在后排的公众、学生、工匠和流氓混混们是最不讲秩序的。他们中的许多人都能有法子逃票进入剧场。他们试图强行越过售门票的看守,因此在剧院门口时常会发生争执。一旦进去了之后他们便吵吵闹闹地等待戏开始。流动的小贩们四处巡游,叫卖着他们的商品(他们现在在斗牛赛中依然如此),兜售着水果和糖块。有的人会把钱包在一条手帕里扔下来,小贩将他需要的东西包在手帕里,再扔回去。偶尔会有人拍拍一位观众的肩膀,问他是否想买一打橘子送给坐在"长柄炖锅"中的那个令他暗送秋波的女子。夏天,演出在两点开始,冬天则在三点。表演借助日光进行,戏台起先是露天的,有一次,一场倾盆大雨打断了演出,票钱也被退还了观众。在指定的时

---

① 《女人善变》:威尔第的歌剧《弄臣》中一段著名的男高音咏叹调。

刻,或多或少有几位乐师会带着吉他和竖琴出现,唱上一曲歌谣。之后,剧团的一个人会登台朗诵一段独白,这叫做一个前奏,是为了让观众们心情愉悦而设计的。接下来,戏的第一幕就开演了。它在喧嚣骚动中进行,以至于观众们常常听不见演员说的话。观众们一旦不满意,就开始尖声吹口哨,发出嘘声,满口粗话地骂骂咧咧。坐在"长柄炖锅"中的女子和站在后排的男人们一样喧嚷叫嚣着。然而,当他们被一种崇高的情操所感动或为一段机敏的诗律而着迷的时候,就会大叫"太棒了,太棒了!"为了防止观众感到厌倦,在第一幕戏之后会上演一出短小的,常常是有主题的滑稽剧,这叫做"开胃节目"。它有音乐伴奏,并以一段舞蹈作为结束。接下来是第二幕,接着另一个"开胃节目",然后是最后一幕。但是观众们非常喜欢叫做"加卡拉斯"的简短演出,就是用盗贼们的黑话演唱的喧闹歌谣。每次幕间休息,他们都会大声要求表演"加卡拉斯"。一段最后的舞蹈给演出画上了句号。对观众们而言这无疑算得上是"戏有所值"的。

从演出过程中观众们一次次的打断可以看出他们是多么地不在乎保存现实的幻境。每一幕戏几乎就是整个演出的一个独立存在的部分。观众们并不像想象中的那样期待分享戏中人物的喜怒哀乐,而是头脑冷静地在观看。这样,他们就能够更多地注意到剧情的别出心裁以及语言的优雅、多样化和恰如其分。因此他们不太在意剧情的真实性以及是否连贯。只要一个场景是生动的,他们就不会傻到去询问它是如何形成的。

我乐意描述一下洛佩的某一部戏,然而我觉得最有趣的一部戏却恰恰并非出自他之手。那部戏叫做《塞维利亚的埃斯特蕾拉》。在洛佩作品的所有版本中都印有这部戏。可是专家却证明了(我没有读过他们的评论因而不知道他们是如何做到的)洛佩并没有写过这部戏，剧作者的身份至今未明。但是这部作品中仍然显现出相当多洛佩的特色。它是那个时期的一部典型剧作，剧中人物以及他们的动机都十分吻合那个时代西班牙人的偏爱，因此作者是谁已无关紧要。那是一部有趣的戏，我能想象得出它的演出效果一定极其轰动。

卡斯蒂利亚的国王“英勇的桑丘”正式进入塞维利亚城，在观看他行军的人群中看见了一位十分美丽的年轻女子坐在窗前。他以西班牙人的疯狂爱上了这个被认为是“塞维利亚的闪亮之星”的女子。她的名字叫做埃斯特蕾拉①。不幸的是这个名字给了戏中不同人物一个充分表现诗意的机会，而他们都一致抓住了这个机会。他们将这个名字运用于悦耳和谐的韵律中，通过各种华而不实的词句来显示他们的才智。甚至是剧中的女主人公，她在大难临头哀泣命运的时候仍然尽可能提到自己美丽的名字。她是一位英勇侠义的绅士的妹妹，那位绅士名叫布斯托·塔维拉。就在某一个夜晚，国王决心要满足自己的渴望。他的心腹建议应当对塔维拉施以恩惠。国王召见了塔维拉，并封他为前线军队指挥官。塔维拉婉言拒绝了这份荣差，于是国王又命他在自己的宫廷里担任王室侍从。他宣布除了这一封赏之外，他还将依据埃斯特蕾拉的身份将她嫁出。

当时埃斯特蕾拉正与塞维利亚的一位绅士桑丘·奥提兹互相爱慕，他们的婚礼也已在筹备当中。当塔维拉对国王如此厚待他而觉得怀疑时，他告诉他们国王已决定亲自安排埃斯特蕾拉的婚事并为她备置妆奁，这令他们感到惊慌。夜色降临，乔装打扮的国王在埃斯特蕾拉家周围徘徊。塔维拉走出门并且认出了他。国王告诉

① Estrella 在西班牙语中的意思是“天上闪亮的星星”。

塔维拉自己想参观一下他的住所，但仍遭到了礼貌地拒绝。然而国王的心腹艾里亚斯却设法进了屋，他向埃斯特蕾拉表达了国王的一片爱意，并提出只要愿意她将获得卡斯蒂利亚一半的财富。他许诺她将成为城镇的领主，而她的丈夫会是一位出身高贵的绅士。这位善良贞洁的女子不屑地拒绝了他的提议。于是，他就买通了她的奴隶兼女佣。根据一纸书面承诺（因为国王的诺言常常不能兑现）她将获得自由以及每年一千个达卡金币的报酬，于是她同意背叛女主人。一天，塔维拉外出了，女佣预计他在天亮之前不会回来，就将国王引入了房内。但是国王还没来得及看一眼埃斯特蕾拉，塔维拉就回来了。忽然看见一个陌生人在家里，塔维拉打算将他杀死，这时国王（并不像他的名字显示得那样勇敢）说出了自己是谁。布斯托·塔维拉假装不相信他的话。国王绝不可能乔装打扮独自一人强行进入他忠实臣下的住所。塔维拉发誓要惩处这个胆敢以国王自居的入侵者，他拔出了剑。喧闹声引来了家中的仆人们，国王便趁乱逃走了。塔维拉猜出是女佣将国王放进屋的并逼她坦白。他责备妹妹的所作所为使自己蒙羞，但在相信她并没有参与此事之后，决定立即把她嫁给桑丘·奥提兹。他自己则逃跑避险。

国王又羞又恼，决定将塔维拉置于死地。他的心腹举荐了一个可靠的人选去执行任务。那个人正是桑丘·奥提兹。正当两人谈话的时候看到一具尸体悬挂在绳子上。那正是埃斯特蕾拉的女佣，她的手里还捏着国王的书面承诺。国王召见了桑丘，命令他去杀掉一个严重侮辱了自己的人，并许诺将赐给他任何他要求的恩惠作为回报。他告诉桑丘可以施以诡计将那个人害死，但桑丘却骄傲地拒绝了这样做，只有在公平的决斗中他才会把他杀死。国王给了他一道书面的旨意，这样他就可以为自己开脱罪行。但是桑丘非常轻率地相信了国王的话，撕碎了那道指令。然后国王递给了他另一张纸,上面写着他要杀死的人的名字。当桑丘离开宫殿之后得到消息说塔维拉决定要立即将埃斯特蕾拉嫁给他,他喜不自胜。但是当他打开国王给他的那张纸之后,却惊恐地发现他要杀的人正是塔维拉。他对塔维拉的爱胜过兄弟之情,他也意识到如果杀死了塔维拉就会失去埃斯特蕾拉。然而他的迟疑是短暂的:他对国王的忠诚促使他放弃了个人的情感。在见到塔维拉之后,他挑起了争执并将其杀死。临死之际塔维拉托付他保护埃斯特蕾拉。市长在警卫的陪同下赶来将桑丘逮捕了。当埃斯特蕾拉正在为婚礼梳妆打扮时,市长送来了布斯托·塔维拉的尸体并告诉她凶手正是她的情人。

国王获悉桑丘承认自己是凶手,但不愿说出为何要这么做。于是他下令桑丘可以说出他故意谋杀的理由,如果他有文件来证明自己所说的,也可以出示。桑丘说他没有任何证明(我们确实已经看见他当着国王的面将文件撕毁了),并且因为自己发誓要保密所以什么也不能说。尽管遭到了出卖,他却不会背叛。埃斯特蕾拉到了国王那里,她请求将桑丘交给自己处置,这样她就可以为遇难的兄长复仇。国王认为她会将他杀死,并对找到了摆脱异常棘手的窘境的方法而感到高兴,他下令让她去找监狱长。埃斯特蕾拉乔装出现,当她的情人被移交给她的时候,她告诉他将提供给他一匹马和一些钱,这样他就可以逃跑了。桑丘并没有认出她(众所周知,当一个人伪装之后,即便是他自己的母亲也不知道他是何人了),他很想知道能获得自由应当感激谁,并逼她揭示了自己的身份。当他看到埃斯特蕾拉之后就拒绝接受这一安排,尽管她一再乞求,桑丘还是回到了狱中。这期间,心腹艾里亚斯试图劝说国王承认塔维拉是在他的命令下被杀的。但国王却没有勇气这么做。他惧怕塞尔维亚人的愤怒,也惧怕有关他背信弃义的揭露会对卡斯蒂利亚造成的影响。那位足智多谋的心腹于是建议他应当劝说审判官们以放逐来替代死刑。国王召见了审判官们,并为自己希望他们所采取的步骤提出了似乎可信的理由。然而他们却以法律的最高权威性作为借口。他们声称自己代表国王,尽管作为臣子,国王可以命令他们做任何事情,但作为法官他们必须依据自己的良知行事:桑丘必须死。国王困惑茫然,他的确处于一个最困窘的局面。桑丘与埃斯特蕾拉被传唤上庭。桑丘仍然拒绝开口。他要求以死来赎清杀害朋友的罪过。国王被桑丘的高尚行为击垮了,他最终承认是自己下令派他去杀塔维拉的。审判官们屈服了。倘若国王这样做,那只能是出于正当的动机,推论国王的理由不在他们的职责之内。桑丘被判无罪,但仍自愿背井离乡。他提醒国王曾经承诺过赏赐任何他要的恩惠,于是便要求娶埃斯特蕾拉为妻。国王或许是认为她已经给自己带来了足够多的麻烦,便欣然应允了。可是,埃斯特蕾拉却声明她无法与杀害布斯托·塔维拉的凶手同吃共住。

“陛下,”她告诉国王,“尽管我爱他崇拜他,但这个杀害我兄长的人永远也不可能成为我的伴侣。”

“而我,”桑丘略带淡然地补充道,“尽管也爱着她,但明白这么做是不公平的。”

戏就这样结束了。这部戏最大的缺陷在于整部戏中几乎没有穿插任何喜剧性的调剂。你或许会以为幕间休息中穿插的歌谣、舞蹈和小喜剧已经给了西班牙观众足够的娱乐,使他们能够专注于三幕剧中严肃的内容了。然而事实并非如此。滑稽的仆人是戏中必不可缺的人物,他的任务是与女主人公的女仆结成一对。在《美丽的丑女》中,洛佩好像是要嘲弄这一乏味的惯例,戏中的小丑第一次抱怨没有他可以娶为妻子的侍女。但我认为他设计的这一戏剧性效果不仅是为了博得庸俗观众的哈哈大笑:洛佩以一种现实的态度和刻薄的讽刺,表现了与那些理想主义、夸夸其谈的人截然不同的形象。那些人或许会为了爱情或职责牺牲自我,或许会为了荣誉而拿生命冒险,但小丑会在那里指出一次私通、一顿实惠的饭食以及安然无恙的身体要胜过任何装腔作势的豪言壮语。小丑是非常受欢迎的角色,因为它符合西班牙人性格中某些深邃而永恒的东西。他们总是承认性格中的两面性,这就是为什么(稍晚一些的时候,也确实如此)他们把塞万提斯不朽的小说看作是他们性格的真实缩影。他们既是那个满面愁容的骑士又是他的仆人桑丘·潘沙。也许身处黄金时代的他们比任何时候都更加清楚这一点。他们征服了美洲的大量领土,整个欧洲都承认他们的强国势力。然而他们仍然如饥似渴,他们永远是如饥似渴的。某种力量驱使他们去莽撞地冒险征服世界,甚至去尝试更加危险的精神历险,他们孤注一掷,因为无法自已。可是,一种不安的感觉自始至终隐藏在他们脑海深处,他们会觉得这一切不过是空想,一个吃饱了饭的肚子和一张可以安睡的床才是唯一的现实。

洛佩具有生动的幽默感,他将小丑们塑造得栩栩如生。他们是足智多谋的淘气鬼,是带有愤世嫉俗智慧的讽刺家。但在卡尔德隆笔下他们就仅仅是无知的丑角了。卡尔德隆毫无幽默感,他塑造的滑稽仆人形象都无比呆板迟钝。在西班牙之外,卡尔德隆是最著名的西班牙剧作家。十九世纪初的浪漫派艺术家们非常推崇他,懒得再为他费心的后代人也接受了这样的评价。《人生如梦》享有伟大戏剧的盛誉。但我并不确定那是他最好的作品。我认为钦慕这部戏的人多过真正读过它的人。卡尔德隆当然也有显著的优点。他具有那个时代的许多西班牙人所共有的神秘感,他们认为我们身处的感官世界不过是精神世界的一部分,而且正因为有精神世界,感官世界才有意义。这种神秘感赋予了他的某些戏剧一般剧作家难以企及的崇高感。人们称赞他是个伟大的诗人,但说的时候带着一种外国人才有的不自信。我认为富有诗意的是他的思维。在我看来,他的诗歌是单调的,他为了追赶时代潮流而在诗歌里塞满的花哨词句也令人生厌。他的诗冗长得让人难以忍受,一旦他的诗情焕发,就似乎没有任何事情能阻止他。他并没有多少创造的才能,对于人物也毫无感觉。他塑造的人物很少有生动形象的。然而,他有个性,一种倔强、冷静但仍然充满激情的性格。我想个性是一个作家得以存在的唯一要素。尽管他有很多缺陷,但如今他的作品仍比洛佩·德·维加的更容易阅读。在我读过的(在他创作的几百部戏剧中我只读过十来部)他的那些戏里,有一种神秘感,很难不令人动容。你似乎可以隐约听见在遥远的地方,当林林总总的事情正在发生时,看不见的恶魔们敲击出了邪恶的鼓声。但是向读者提供有关卡尔德隆的批评并非我的职责。我对他感兴趣是由于他反映了那个时代西班牙人的性格。他的巨大成功证明了他的直觉与观众的偏好不谋而合。

卡尔德隆具有深刻的宗教感。在有了一两个私生子之后,他的确获得任命成了牧师。(西班牙的作家们不但在写作方面产量丰富;他们的私生子足以组成一个军团以及填满一个相当规模城市的修道院。)他对教会充满炽热的忠诚,就自然地认为教会也会善待自己。当他没有获得期望中的某些优待时,便写信给红衣大主教声称在不公正的行为得以纠正之前他不会再写剧本了。他的信真的奏效了。那真是剧作家们的幸福岁月呵!如今,倘若一个剧作家决意不再写作,人们只会平静地接受他的决定。卡尔德隆写作期间,西班牙正处于穷途末路的境地:国家濒临崩溃,大部分领土已被他国夺去。西班牙人更加狂热地坚守他们的信仰,那曾经似乎是他们最伟大的荣光。然而,那是一个残酷的信仰,对于实践其教义的人是残酷的,对于忽略它的人也是残酷的。对于很多人而言,它不过是一种过度且愚蠢的迷信。在一部残暴的戏剧《对十字架的虔诚》中，卡尔德隆让犯下了骇人听闻罪行的主人公得到了拯救，因为他总是对十字架充满虔诚，在他犯罪的时候也始终如一地相信十字架救赎的功效。当葡萄牙的王子费尔南多被摩洛哥的国王俘获的时候，他拒绝交出弃休达城来赎回自己，那是因为葡萄牙人已经使这座城市皈依天主教，他无法忍受摩洛哥人把教堂变为清真寺。这个用他自己语言表述的想法使卡尔德隆震惊得无法言语（但这并未能阻止他接下去又写了另外百余行），他大为感动，因痛苦而哽塞，心碎，毛骨悚然，不停战栗。

然而在这一场景中仍有两行动人的句子。观众们很可能会觉得它们庄严神圣。

“为什么，”国王质问他的俘虏，“你不愿将休达交给我？”

“因为那是上帝的城市，不是我的。”

另一个使卡尔德隆的剧本有趣的因素在于他对荣誉感的专注。在这里你可以想到他是在忠实地描绘那个时代的主导情感。那时，即便是流浪汉也在乎自身的尊严。倘若受到了别人的公然侮辱，他会不择手段地予以报复。对于一个男子而言，无论是除了他之外无人知晓的一次怠慢，还是对他妻子贞节的猜疑（尽管他知道毫无根据）都会令他怨恨在心，难以入眠，愤怒发狂，一直到他能够洗雪耻辱为止。在卡尔德隆的戏剧《有尊严的外科医生》中最清晰地展现了这一点。尽管古铁雷狂热地爱着妻子，并且知道她也爱着自己，但是当他发现国王的弟弟也爱上她时，还是被嫉妒折磨得心烦意乱。他的妻子曼西娅拒绝听亲王倾诉衷肠，但是古铁雷知道了亲王曾踏入他的家门。他并不怀疑妻子的忠贞，但却难以忍受这种对他尊严的侮辱，于是残忍地把她杀死了。在《萨拉美亚的市长》（在我看来这是卡尔德隆最出色的一部剧本）中，当向葡萄牙进军的部队的统帅抓住了市长的女儿并强奸了她之后，市长跪地乞求这个玩弄女人的骗子娶他的女儿为妻。尽管他是个乡下人，却很富有。只要这个骗子愿意通过婚姻来弥补自己犯下的过错，他将把所有的财富拱手相送。统帅不屑地拒绝了这一请求，他不愿将自己高贵的血统与乡下人的血统融合为一。当市长意识到统帅并不打算弥补他的罪过时，尽管面带着对于他的身份无比尊敬的表情，仍坚决地命人将统帅掐死。只有这样才能偿清伤害。

据塞万提斯所说，演员的生涯是难以忍受的工作之一。他们黎明就要起床背诵台词，九点到十二点彩排，吃午饭，然后去剧院。他们七点钟离开，如果有重要人物想要见他们，市长、法官或是其他什么人，那么无论多么疲惫，他们都必须赶过去出个场。演员们是靠额头上的汗水讨生活的。我提及过的阿古斯汀·德·罗加斯就说过没有哪一个西班牙黑人或阿尔及尔奴隶的人生比他们的更加艰难。他为我们留下了关于流浪艺人们生活的生动描述。阿古斯汀·德·罗加斯因为其创作的“前奏”，也就是剧院在演出开始时上演的独白而闻名。他想要发表这些“前奏”，并偶然发现了一种巧妙的构思。他设计了一系列在里奥斯、拉米瑞兹、索拉诺以及他自己这四个演员之间展开的对话。当他们为了完成演出任务而在从一个城市赶往另一个城市的路上，为了消磨旅途的无聊时光（因为他们是步行去的），他为他们朗诵自己创作的“前奏”。他的同伴们性格一定很和善，才能忍受某些“前奏”。它们独特的构思令人费解，其中还充满了华而不实的辞藻，以及《圣经》、神话和历史的知识。一些“前奏”赞颂了演员们即将访问的城市的种种优点。其中一个“前奏”赞美了字母 A，另一个则赞美了一周的每一天。有趣的当属作者愉快地讲述他自己冒险经历的“前奏”了。读者或许还没有忘记他本人的传说里那段奇特的爱情吧。幸运的是，他需要很多铺垫和穿插的内容，在他朗诵的间隙，这四个演员就谈论起其他事情来。一次，里奥斯讲述了他在一次旅途中的遭遇：

“索拉诺和我离开了巴伦西亚，由于一次不幸的灾祸，我们其中一个人步行着，连件斗篷都没有；另一个人只穿了件马夹在走路。我们将随身携带的行李送给了一个在城里迷了路的男孩，因此就沦为流落街头的绅士。晚上当我们抵达一个村庄时，已是精疲力竭。饥肠辘辘的我们到了一家旅馆，想要一张床，但他们说因为举行集市因此所有的床位都被人订了。我觉得在那里找一张床的机会不大，就去了一家小客栈，并说自己是从印度群岛来的商人。客栈老板娘问我们有没有驮货物的马，我回答说我们是坐车来的，我们的货物就要到了，而她应当去给我们准备几张床以及晚餐。她照我说的去做了。我又赶到村长那里，告诉他有一个剧团从这里经过，需要得到他的批准演一场戏。他询问我戏是不是宗教题材的。我说是的，他便许可了。我回到客栈，让索拉诺赶紧准备一下《亚伯与该隐的故事》，然后再找个地方去收门票钱，因为我们在当晚要举行演出。其间，我去找了一个鼓，用羊皮做了一副胡须，跑遍整个村庄宣布我们的戏就要上演的消息。那里有许多人，不少都被吸引来了。完成了宣传工作之后，我把鼓放在一边，摘下我的胡须，到客栈老板娘那里告诉她我的货物就要到了，她必须给我一把房间的钥匙，这样我才能将货物锁进去。她询问我是些什么东西，我说是食品杂货。她把钥匙交给了我。我揭下床单，扯下了旧的帘帷还有两三件其他织品，为了不被人看见我下楼，我将这些东西捆成一个包裹从窗户扔了出去，然后像一阵风似的逃下楼。当我走到院子里的时候，老板叫住了我，对我说：‘印度少爷，您想不想看看一些刚到的流浪艺人的演出？很精彩的。’我说我会去的，然后便急忙去寻找我们演出要用的服装道具。可我寻遍了所有角落也没找到。想到这一切可能会令我遭到一顿鞭打，我跑到索拉诺卖票的地方，将发生的事情告诉了他，并让他立即停止收钱，我们最好带着现金悄悄溜走……我们避开了大路，当晚并没走很远。第二天早晨，我们数了数收到的钱，发现了三个半里亚尔的零头。你不妨想象一下我们带着钱继续流浪，但是心里却有些惶恐的样子。大约走了三里左右的路，我们看见了一间简陋的小屋。我们走了进去，小屋主人从葫芦里斟了酒，从水槽里倒出牛奶，从马鞍上拿出面包款待我们。我们吃了早餐，当晚又到了另一个村庄，开始着手挣钱解决晚餐的着落。我申请了演出批准，弄到了几条被单，宣传了这次演出，找了把吉他，邀请了客栈里的女子，并让索拉诺去卖票收钱。最终在坐满了人的剧场前，我出场并演唱了一首歌谣。‘门外，门外；分别，分别。’，刚唱了两句，嗓子就干了。观众没明白是怎么回事，但索拉诺开始表演起“前奏”来，这样就弥补了音乐的不足。我用一床被单将自己打扮了一番，开始扮演我的角色。索拉诺装扮成上帝出现了，他裹着另一床被单，但中间裂开了，他的胡须用葡萄皮染了色，手里拿着一根蜡烛，我觉得快要笑死了。可怜的观众们并不知道在他身上发生了什么事。之后，我又扮作小丑上台，演出了‘开胃节目’，然后接着演戏。但是当我演到杀死可悲的亚伯的时刻，却发现忘了带割开他喉咙的刀，于是只好扯下胡须，用它来割喉咙。这引起了一阵喧哗，人们开始叫骂。我请求他们原谅我们的缺点，并解释说那是因为剧团还没到来。最后，观众们拒绝观看演出了，客栈老板赶来叫我们逃走，因为他们打算将我们暴打一通。我们接受了他的忠告，匆匆离去，当晚就带着赚来的仅仅五个里亚尔从这个村庄消失了。花完了这点钱之后，我们变卖了所剩无几的行李，常常吃沿路采摘的蘑菇，睡在地上，赤脚走路（不是因为喜欢泥泞，而是因为没鞋子穿），帮助赶骡人装货，给骡子饮水，连着超过四天靠吃萝卜维持生命。有一天晚上我们进了一家小客栈，那里有四个车夫给了我们二十个铜币和一条黑香肠，让我们为他们演出。一路上我们过着如此悲惨的生活，并遭遇了种种不幸，最后终于抵达了旅途的终点。索拉诺穿着他的马夹，但没有外套（他在客栈把外套当掉了），我则光着脚，没穿衬衫，戴着一顶千疮百孔的草帽，套着一条脏兮兮的亚麻马裤，外套又破又烂。我是如此地衣衫褴褛，只好决定和一个糕点工一起工作，可索拉诺非常自负，他不愿做小工。正当我们处境狼狈时，忽然听见敲鼓声，原来是个男孩在做演出宣传：一出好戏《困惑的朋友》今晚要在市政厅上演了。听到这些我的眼睛瞪得像牛眼一样大。我们与男孩攀谈，当他认出我们时，扔下了鼓，开始快乐地舞蹈起来。我们问他有没有偷藏的钱，他就把包裹在衣角里的钱拿了出来。我们买了面包、奶酪和一块干鳕鱼肉（那里的干鳕鱼十分美味）。吃过饭后，我们去找了剧团老板，但我不知道他是否乐意见到叫花子般模样的我们。无论如何，他还是跟我们打了招呼，我们向他描述了经历的种种磨难。吃了晚餐之后他让我们去把身上的虱子除掉，因为他打算让我们参加演出，不希望戏服里出现大量的虱子。当晚，我们帮了他，第二天，他就跟我们订了三个季度的合同，每场演出的报酬是一个里亚尔……我们过了四个多星期快乐的生活，吃得很少，走了许多地方，背着道具，在那段时间里我就没见过一张床。”

我想任何读了这个故事的人都会认为里奥斯能有如此高昂的意志是件幸运的事情。他一定是那种很难被挫败的人。但他绝非傻瓜。某个年轻的女子因为他不再有钱而离开了他，当一个朋友为女人的薄情而哀叹时，他说了如下一番话：

“兄弟，”他说，“女人就像粘鸟胶一样；善于粘人，却不善于放手。当男人为她们花钱，送给她们礼物时，她们就用卑鄙的手段中伤他。如果男人什么也不给她们，她们会说他像喂猫的肉一样低劣；如果他允许她们随心所欲地寻欢，她们会当他是傻瓜，如果他不允许，她们又会觉得他无趣；如果他爱上了她们，她们会无法忍受见到他，如果他没有爱上她们，她们会令他得不到片刻安宁。”

“一个姑娘就像葡萄园、梨子树和豆子地一样需要很多的关心照料，”某个人这样评论。

“先生，”他回答道，“你不可能得到一个没有缺点的女人，也不可能得到一头没有种马就生出来的骡子。”

八

必须提醒读者的是我并非试图要详尽地描述黄金时代的西班牙人以及他们的举止习俗。那需要比我的了解渊博得多的知识。我是带着特定的目的读书的,从不关心对我来说无用的内容。当你想写一部发生在遥远过去的小说时,必须要熟悉你打算写的人物日常生活的细节。你会想知道他们何时用餐,吃些什么,何时起床,何时就寝,街道什么样,夜晚怎样亮灯。你倒也未必要一一说明,但要似乎不经意地在各处提及,让读者感受到那个时代的氛围。然而,现在的作家很少会告诉你这些事情,因为它们是无需提及的常识。你必须从流浪汉小说中偶然的一段述说或剧本中的一句两行诗中去搜集信息。因此,一位维多利亚时代的小说家可能会告诉你他笔下时髦的主人公乘坐了单马双轮双座马车,他知道读者会很清楚那是怎样的一种交通工具,但他却忽略了两三百年后的读者也许对此一头雾水。小说家们很少像塞万提斯叙述堂吉诃德每天的伙食那样详细精确地描绘任何主题。在堂吉诃德把做游侠环游世界的念头装进他那疯狂的脑袋之前,他名叫阿朗索·基哈诺。他是我们应当称作乡绅的那种人,家里有位女管家、一个侄女和一个打杂的下人。他家境平平。每周除了两天之外,他午餐吃的都是西班牙的民族菜肴"什锦杂烩",这是牛羊肉的混合(但是牛肉比羊肉多,因为羊肉贵),加上卷心菜、鹰嘴豆以及调味用的洋葱和橄榄。星期日添上一对雏鸽。晚餐吃用醋腌渍过的肉末火腿洋葱沙拉。作为忠顺的天主教徒,他星期五只吃扁豆。星期六吃的是"决斗与伤害"。学者们想方设法要弄明白这些名称古怪的菜肴究竟是什么,其中一些人就沉湎在了想象力丰富的猜测中。在弗朗西斯科·马林翻译的《堂吉诃德》的伟大译本中,他研究了塞万提斯这部不朽著作的法语及意大利语的当代译文,又专注地细读了经典剧本,最终打破重重疑虑,指明阿朗索·基哈诺在星期六吃的不过就是鸡蛋和培根。

三百年后的学者们也许会为了探明“冒泡与尖叫”①是何种菜肴而绞尽脑汁遍查图书馆,我绝不会告诉他们,以免破坏了他们的兴致。

你必须从旅行家的叙述中去了解那些细节,因为正如我说过的,当地的作家们非常熟悉那些细节,就不认为值得去描写了,但外国人却自然地会关注那些细节。我读了大量这一类的书籍。其中大部分都枯燥乏味。今天,当我们读到某个幽默旅行家的笑话时会叹气,这个与我们同时代的人把到一个陌生国家的旅行看成是一次运用智慧的机遇。艺术家在散文中情感丰富的生动描述也会令我们打呵欠。可或许在三百年之后,人们就会对它们产生兴趣。那时我们都早已不在人世了。十六世纪的旅行家们似乎缺乏好奇心。他们参观了风景名胜,即使为之所动也恰如其分。有时,他们想要做些说明,于是就对所经之处的商业和制造业加以描述。他们非常关心宫廷的阴谋、政治局势以及当时的各种要人。令他们感到新奇的似乎大体上都是些煞风景的事。他们很少认为美丽独特的细节是值得记录的。

或许你已经料到了,正是在女子们的信件和回忆录中才能了解到男子们觉得微不足道的那些小习俗。的确,这些材料描述的生活

① Bubble and Squeak 的字面意思是指“冒泡和尖叫”,其实是指“炸马铃薯和洋白菜”这道菜。

比我涉猎的时期要晚了一到两代。但是西班牙的生活总是变化缓慢,十七世纪的真实场景完全有可能在十六世纪也是真切的。即便到了今天,在埃什特里马杜拉的村庄里,大多数房屋的窗户仍没有装玻璃,就像四百年前一样,冬天靠关上百叶窗御寒,夏季靠拉上帆布幔防暑。你依然能看到女人们坐在自家附近的手纺车前;依然能看到傍晚时分她们在去面包房的路上将一盘没烤熟的面卷顶在头上;依然能看到少女们用臀部稳住一个巨大的粗陶水罐去井边打水。情人依然会在夜晚的栅栏外向他心爱的女子求爱。农夫依然把他的家畜,他的奶牛、驴子、猪、山羊、鸡关在房子的第一层,而他的家人则住在上面的楼层;当黎明到来,他去田里去耕作的时候,就给驴子套上木制的犁,犁的形状式样与罗马人征服这个国家时教他们祖先所制作的一样。

在腓力四世统治时期,英国驻西班牙大使的妻子梵莎夫人在她的回忆录中对她觉得奇特的西班牙习俗的有趣细节进行了描绘。法国大使的妻子德·维拉贺夫人在她的信中也有类似叙述。但是关于这些细节最生动的描述出现在达奥努瓦夫人的一本名为《西班牙纪行》的书中。现在人们传说这位女士根本从未去过西班牙,她的女儿嫁给了一个西班牙人,她是从女儿的来信中获取素材的。书中的细节十分详尽,似乎是可信的。梵莎夫人的回忆录以及德·维拉贺夫人的通信证实了它们的真实性。看起来那个时候的女人从不和她们的丈夫同桌吃饭,倒不是出于尊敬,而是因为她们不习惯坐在椅子上。如果她们一定得和她们的丈夫一同吃饭的话,她们就和孩子们一起坐在地板上,但是通常丈夫和妻子都是分别用餐的。梵莎夫人抵达卡蒂斯的时候,当地的长官邀请她的丈夫共进晚餐,他接受了邀请,但告诉长官他的妻子将自行用餐,“根据西班牙习俗与男子们分开”。长官无论如何也不同意,并告诉他夫妻共同进餐的礼仪如今已成为西班牙许多显贵家庭的习惯了。据达奥努瓦夫人讲述，当她应奥古斯丁·帕切科先生之邀去吃饭时，发现有一张为参加宴会的男士们准备好的餐桌，而在地板上则铺有一块布，布上的三个位子是留给主人的妻子特雷萨、她的女儿以及自己的。这位可怜的法国女士跪坐着，但她的腿开始疼了起来。她要先倚靠一只胳臂肘，然后再倚靠另一只用餐，她觉得那种姿势太笨拙了，最终绝望地放弃了尝试。在场的两位绅士注意到了她的窘迫，就建议她上桌用餐。她说只要特雷萨和她坐在一起，她就十分乐意接受这一建议。这位特雷萨夫人却无论如何不愿答应，因为有男士在场。令她尴尬的是她的丈夫也坚持让她上桌，她只得承认自己不仅从未在椅子上坐过，而且也从来没有过这样的念头。德·维拉贺夫人在一封信中提到女士们坐在椅子上会感到非常不舒适，这令她们如坐针毡。在有身份的人家中，女子们可以坐在地板上铺着的波斯地毯和软垫上。当要向一位客人表达敬意的时候，当然客人是位女士，人们就会拿给她不止一个垫子。梵莎夫人说当她拜谒王后时，发现王后坐在华丽帘幕下的三个垫子上。尽管西班牙的女士们用垫子，但也仅仅是在隆重的场合下，她们其实更喜欢盘腿坐在地板上。

达奥努瓦夫人详细地形容了她们的服装。她们穿着圈环裙，就像你也许会在委拉斯开兹①给公主们的画像中看到的那种，里面有很多层衬裙，她惊讶于如此小巧的女子们居然能承受那些衬裙的重量。一位有地位的女士的梳妆过程既复杂又迅速。她用鸡蛋清和糖搅拌在一起洗脸，让脸庞充满光泽，接着她不仅要在脸颊上，而且还要在上嘴唇、下巴、肩部和手掌上涂抹胭脂。然后，一个女仆会用

① 委拉斯开兹（Diego Velázquez，1599—1660）：17 世纪西班牙画派的大师，也是西班牙文艺复兴时期杰出的画家。

燃烧的香锭散发出的气味从头到脚地为她熏香。另一个女仆将口中注满橙花水，从齿缝中喷出，均匀地撒在女主人的身上。这样做会损害女仆的牙齿，但据说能让水有一种更甜美的香味。

从很早以前这些贵妇人生活的时代起一直到现在，我们这些外国人一直在猛烈抨击西班牙的食物，因此为了公平起见必须补充说明梵莎夫人对西班牙的食物只有赞美。他们的水，她写道，“有牛奶的味道；他们谷子不可思议地白，他们的小麦可以做出这世界上最甜最好的面包；熏肉好吃得令人难以置信；塞哥维亚的小牛比我们的要更大更肥；羊肉是最棒的；阉鸡比我们的好吃得多……他们那儿有我吃过的最美味的松鸡和最美味的香肠……他们的鸡蛋比我们的好很多，还有各种沙拉、根菜作物和水果也是如此。”她以一句有些奇特的话结束了热情的叙述（我已经缩写了她的描绘）：“塞维利亚的水是无与伦比的。”

十六世纪在西班牙旅行的人几乎总会感到心情郁闷。那是有原因的。一本又一本的书中反复提及同样的抱怨：道路状况恶劣、有遭遇土匪的危险、供给困难、客栈老板贪婪、客栈里虫害泛滥。甚至是圣特雷萨——尽管她充满激情地进行肉身的苦修——有时也会觉得虫害难以容忍，而可睡地板也不愿睡在床上。明智的旅行者干脆裸睡，因为这样无论他们在夜晚要忍受跳蚤、臭虫、虱子带来的怎样的烦扰，至少当他们在清晨穿衣时，衣服上不会有这些虫子。

在西班牙仍然有一些小客栈充分保留着它们古代的特征，向人们展现着当年疲惫的旅行者不得不忍受的住宿条件。其中最有名的一家在科尔多瓦的伯柔广场，因为塞万提斯曾在那里逗留过。那座房屋共两层，墙壁刷着白色涂料，外观朴素。客栈有一扇厚重的大门供人出入，不过夜晚就会关闭并上锁。进门之后是一个巨大的草草铺就的院子。客栈的底层是马舍，每个马厩恰好大到能够容得下一匹马或一头驴,马舍旁边是马夫或赶骡人可以睡觉的地方。连接街道和院子的宽阔拱道上有两个公用的小厨房。在以前,除了面包和厨具之外,法律禁止客栈老板向客人提供其他东西,因此他们只能在城里的几家饮食店用餐,要么就自己煮随身带来的食物。在科尔多瓦的旅馆中,人们借助粗糙的石块搭建的楼梯上楼。房屋周围有向外伸出的木质阳台,阳台上的栏杆摇摇晃晃,阳台通向客房。客房里的床不止一张,有时有四张之多,旅行者们常常不得不与陌生人挤在一起。倘若他们的外表能让老板娘相信他们是值得尊敬的人,那么她就会让女仆在床上铺上一条干净的床单。女仆们除了要应付她们的日常职责之外,还得满足赶骡人、士兵和长途跋涉后想要放松一下的旅客们的性需要。

恶劣的天气可能使道路无法通行,于是旅行者们就会被困上几天。如果(当然,这种情况有时的确会发生)到达客栈的不止一路人马,特别是当其中几位是地位尊贵的女士的时候,另一路人中的绅士们就会派人询问能否去拜访这些女士。然后他们也许会共进晚餐,并在打牌聊天中消磨夜晚。你会得到这样的印象:尽管客栈中并不舒适,但在那里过上一两夜有时也许是十分惬意的。梵莎夫人说:“当他们旅行的时候,他们(西班牙人)是这个世界上最快活的人。”

虽说如此,旅行仍然是艰辛、漫长、麻烦的。海关官员的勒索苛求是旅行者们不停抱怨的根源。因为尽管斐迪南与伊莎贝拉统一了西班牙的各个王国,但是每一个王国依旧出于戒备保留了自己的特权。当旅行者从加泰罗尼亚到阿拉贡,从阿拉贡到卡斯蒂利亚时,他的行李都会受到检查,而且他在进入和离开一个地区的时候都要交税。如果他有黄金,也得交税。这还并非全部。当他进入以及离开一个城市的时候,城门的守卫也会再次要求检查他的财产,他不得不给这些人赏钱(当然,他们会相当通情达理地接受)才能让他们罢手。

莫雷-法迪奥[1]在他的一本书中引用了从罗马到巴塞罗那的一段旅途的描述。当时,教皇克莱蒙八世派遣卡米洛·博尔盖塞,也就是后来的教皇保罗五世,前去拜访国王腓力二世,而这段文字的作者就是使团众多随员中的一位。在一段悠闲的沿海而行的旅程之后,使团抵达了巴塞罗那。当地总督为他们提供了马匹、骡子以及装载行李用的担架和推车,逗留数日后,他们便启程穿越这个国家。当时正值隆冬,地上积着厚厚的雪,因此他们不止一次被迫下马,步行前进。使节只好用总督细致地为他们准备好的手抬担架换下骡子来扛行李。在主要的城镇中,使团受到了教会显要人士的款待,在离开时那些人还为他们提供了充足的食物补给。他们理应对此充满感激,因为否则他们就会饿死,在那个非常贫困的国家无论是爱情还是金钱都换不来食物。他们投宿的客栈似乎都出奇地糟糕。其中一些人到达客栈时已经冻得半死,却找不到生火的木头,也没有床可睡,只能躺在稻草上。悲惨的日子一天接着一天,他们最终抵达了瓜达拉哈拉附近的一个小村落。在那里他们发现了英梵达多公爵为教皇使节派来的四匹马拉的大马车。使节乘坐马车前往马德里。在马德里郊外,许多辆马车,无数的贵族绅士和高级教士在恭候着他。他们陪同他到了其下榻的教廷大使宫殿。从巴塞罗那出发到马德里他们刚好用了二十天时间。

这位匿名的叙述者对马德里和那里的居民均无太多好评。据他描写,那里的街道十分宽阔,要不是因为有垃圾污秽倒也算是美观。房屋肮脏丑陋,主要是由干泥巴建成的。房子只有一层,因为

---

① 莫雷-法迪奥(Alfred Morel-Fatio,1850—1924):法国著名的西班牙语言文化学者。

如果超过一层的话，一半以上的楼层就会被王室征用，供贵族、大使及宫廷官员使用。房子既没有烟囱也没有厕所，“由于这个原因，他们在罐子里大小便，然后从窗户倒出去，这就产生了一股令人难以忍受的恶臭……如果他们不经常勤快地清理街道的话，那么街道根本无法通行，但即使清理了也无法步行走过。”从《小癞子》一书中，人们可以知道出恭的必需器具就存放在阁楼里。除了在夜间特定的时间之外，往街上倾倒粪便是违法的，这样做的人会受到严厉的惩处。仆人会遭到一百下的鞭笞并被驱逐出城六年，倘若他们的主人纵容了他们的恶劣行径的话，会被驱逐出城四年并被重重地罚款。街道在晚间仅仅依靠点燃在圣像前的灯照明，很不安全。你会冒着受到一帮歹徒攻击的危险，他们可能会置你于死地，并将你身上所有财物洗劫一空。如果一个男人对另一个男人怀恨在心，他会毫不迟疑地雇用杀手在路上埋伏将其刺死。因为在可以雇人行凶的前提下，荣誉感并不会使人产生为除掉敌人而不惜拿自己的生命冒险的不切实际的需要。求爱的道路也并不安全。未婚女子理论上住在和摩尔人时期差不多森严的偏僻住所中。房子靠街一边的窗户很少，有铁格子窗的防护。铁格子窗是西班牙特有的，它是当时的打铁工匠发挥迷人的创造力设计出的。夜晚，少女们就在窗后与她们的爱慕者喃喃诉说着爱的絮语。可是，求偶的男子往往很爱吃醋又非常傲慢，他无法忍受同一条街上有另一位求爱者，此时两人便会拔剑决斗，以确定哪一个人才能留下。有时一位严厉的父亲或谨慎的兄长会从屋里出来，拔出决斗的剑将不受欢迎的求爱者赶走。

然而激起卡米洛·博尔盖塞使团记录者不满的并不只是街上的污秽。他声称那里的男人和女人外表肮脏，举止粗鲁。当他们想要如厕时，就公然在大街上解决，丝毫不顾忌过路的行人。西班牙女人的皮肤天生就是黑色的，她们在脸上涂脂抹粉，并在鞋子上套上高高的木屐来稍稍增加身高。她们的穿着绝大部分是黑色的，她们用头巾蒙住脸，因此人们只能看见她们的眼睛。不太挑剔的观察者们会称赞她们眼睛美丽，头发繁茂，举止优雅。可是他却觉得那些女人放肆、专横、孟浪，因为即使在街上，她们也会和不认识的男子攀谈。有一次他与三个同伴——无疑都是牧师——沿着河岸漫步，他看见一个女子在洗澡，除了内衣和短上衣外什么也没穿，这令他感到震惊。坐在那里的其他女人在和四个意大利人聊天，当沐浴的女子出浴时，她褪下内衣，展现了自己曼妙的身躯，然后就毫不脸红地当着陌生人的面开始穿衣服。我们的这位作者进一步说明：西班牙人生活简陋，也没有什么美味佳肴可以享用。他们用餐时不用刀也不用叉，每个人就从公用的盘子里随意取食。他们的食物煮得很难吃，上菜时也很拙劣。当一个求爱者想要表示对心上人优点的欣赏时，他就会将食物送给她。他不会像今天的情人那样送巧克力，而是送香肠和火腿，一个馅饼和一对阉鸡。这样的礼物完全不会伤害她的感情，她会爽快地收下它。

尽管在西班牙王国的领土上太阳永远不会西沉，尽管他们的舰队年复一年从印度群岛带回珍贵的金属（在当时人的想象力看来这些金属具有奇异的价值），西班牙土地上的子民们依然受到饥饿的折磨。获得并非足够吃的，而是只够使人避免饿死的食物始终是他们的当务之急。修道院每天为所有来的人提供一盘汤，为了得到这盘汤，小偷、学生、乞丐、士兵和工匠们都会耐心地在修道院门口等待。因而这也难怪美丽的女子会青睐能为她提供食物满足胃口的情人了。

但是饥饿并没有削弱这个精力充沛的民族拥有的欢乐。西班牙人很乐意拿空空的肚子开玩笑。干面包、一个洋葱和一些水就能让他们度过美好的时光。他们快乐，热爱欢笑，激情澎湃地沉溺于娱乐活动。我已经说过他们是多么地喜欢戏剧了。除此之外，他们还有斗牛表演、公众演出以及宗教游行。教会的节日也是公共假期。每到那时，人们就会用色彩鲜艳的幔帐装饰房屋的正面，年轻和年老的女子都会聚集在阳台上闲聊，欢快的人群涌上街头。他们对到马德里的普拉多宫或塞维利亚的赫拉克勒斯大道去的短途旅行从不会感到厌倦。有地位的男子们骑马前往，勇敢的女子们则步行或坐马车前往，她们搽了香粉因此脸庞雪白，抹了朱砂因此双颊绯红。倘若没有追求者陪伴左右，她们乐意于和陌生人展开一场调情的智力竞赛。她们会毫不犹豫地要他从流动的小贩那里给自己买橘子、糖果和其他小玩意。傍晚时分，她们会享用随身带来的晚餐。所有阶层的人都常去这些凉爽宜人的地方：工匠与妻子儿女快乐地野餐，身旁紧靠一位在保姆和情郎陪伴下的淑女。西班牙人喜欢机智诙谐的交谈，巧妙应答的天赋可以令一个人声名鹊起。无论人们在哪里相聚，都会以唇枪舌剑自娱。一个女子如果能机警地回应一个放荡的笑话，就会受到人们的尊重。如果你能令一个并无恶意的陌生人看起来像个傻瓜也肯定会赢得人们的喝彩。

正是同样的精神使西班牙人以恶作剧为乐。当然这种可悲的幽默形式当时在整个欧洲都很普遍，但我想它在西班牙是最为流行的。那片土地能够促进这一幽默形式的发展。恶作剧粗鲁而残忍，其目的就是使受骗者遭到难以忍受的羞辱，因为尊严对西班牙人而言意义非凡，他也就比其他人对受蒙骗的耻辱更加敏感。读《堂吉诃德》的人都会对捉弄那位温和古怪的骑士的行为感到愤慨。的确，要不是因为主人和男仆之间引人入胜的对话，如今读这本书很难不感到痛苦。然而，在塞万提斯时代的读者看来，正是这些恶作剧使人享受到了哄堂大笑的欢乐。无论如何，它们都不如流浪汉小说杰作中的许多恶作剧那么卑鄙邪恶。戈维多①的《流浪汉帕布罗》(一部恶作剧大全)中讲述了一个可以表明当时习俗的小插曲。故事的主人公(当然是个真正的无赖之徒)前往阿尔卡拉·德·埃纳雷斯大学学习,他一直充当着一个更加富有的学生的仆人(这在当时并不罕见)。当他第一次到大学去的时候就遭到了学生们的包围,他们一边讥讽嘲笑他,一边从头到脚地向他吐唾沫,直到他那沾满唾沫的脸和衣服白得就像雪一样。在我读过的所有的书中,我记不得哪个笑话像以下这个那么令我开怀了,正因为它并不常见,我要将它讲述出来。

一个男仆在瓜达拉哈拉城门口等待他的主人时看见一个送葬队伍走了过来。六位牧师庄严地唱着圣歌,随行的还有四位修道士和几个送葬的人。男仆以洪亮的声音呼喊他们停下。他们照办了,但与其说是被他的外貌所打动,倒不如说是对这一新奇的场景感到惊异。其中一位牧师问他想要什么。

"死者是何人?"他问。

"如果这对你重要的话,你本可以在我们行进中发问,而不必让我们停下。"

他坚持认为让他们停下并告诉他他想知道的答案是重要的。他们回答道:

"死者是位名叫胡安·德·帕哈克洛斯的纺织工,四天前死于肾病,留下了一个年轻贫穷的妻子,名叫玛丽亚·德·拉·欧,和三个孩子,最大的还不满六岁。你要打听这些无聊的消息有什么重要意义?"

---

① 弗朗西丝科·德·戈维多(Francisco de Quevedo,1580—1645):西班牙著名诗人。其最受欢迎的长诗的主题即属笑闹之作,在这类诗作中,作者以其观念文体的手法毫不留情地将事实丑化扭曲,勾勒出一幅可笑的漫画。

死者的两位弟兄中的一位跟在棺材后，他命令队伍继续前行。

“停下，我再重复一遍，”这个爱开玩笑的仆人喊道。“还有你，死去的纺织工，凭借咒语的魔力和功效，我命你精神充沛地复活，回到纺织机前继续干你的活。”

听到这神秘的咒语，所有的人都大为惊异，他们将棺材放在了地上。喧闹声吸引附近的男女老少围拥了起来。

“这是第二次，”他继续道，“我命令你这顽固的尸体，精神饱满地复活，回去织完你已经开始织的那匹布。”

在场的没有一个人能判断出这个人究竟是个疯子还是个男巫，竟敢在众目睽睽之下下达如此奇怪的指令。他的面容和举止都无法让人联想到圣徒。人们踌躇着，他们连眼睫毛都不眨地盯着死者，开玩笑的家伙提高了嗓门又一次叫了起来：

“这是第三次也是最后一次的请求了，我命令你，死去的纺织工，健康地起来，回去使用你的梭子，那是你一家人谋生的手段。”

那具不听话的尸体依然没有动静，于是这个无赖就说：

“前进吧，先生们，把葬礼继续进行下去，我向你们保证同样的事情我已经干过两次了，是对托莱多和欧卡纳的两个死人，他们都没能复活，请原谅我耽误了你们的时间。”

说完这番话后他拔腿就跑，身后紧跟着被激怒的人群。他躲到一座修道院中去避难并将发生的事情告诉了修道士们，他们觉得非常有趣，就帮助他安全逃脱了。

蒂尔索·德·莫里纳①在一本单调乏味的书《托莱多的乡间小屋》中讲述了这个故事。

① 蒂尔索·德·莫里纳(Tirso de Molina,1584—1648)：西班牙剧作家，于1616年首次将唐璜传说引入戏剧，创作出剧本《塞维亚的浪荡子》。

尽管这些恶作剧粗野残忍,但西班牙人在相互交往中却仍保留了小心谨慎的礼貌形式。礼仪性的措辞已经成为日常对话中必不可少的部分。说“我亲吻您尊敬的双手”或“我匍匐于您尊敬的脚下”仅仅是出于礼貌罢了。哈布斯堡王朝①带来了对封号的热爱,那些被册封的人彼此之间一丝不苟地称呼着对方的封号。普通大众与贵族绅士一样重视血统的纯正,这很可能是自犹太人或摩尔人的血统带来了各种残障无能之后开始的。他们陶醉于自己高贵的出身,男人和女人很少会告诉你他们人生的故事(他们的一个根深蒂固的习惯)而不声明他们是出自怎样显赫的家族的。在洛佩的戏《善于辞令者的奖赏》中,当女主人公得知她的追求者想要找点东西阅读时就将族谱给他送去,想要向他显示自己家的门第和他们家的同样尊贵。洛佩的父亲是个刺绣工,可他却声称自己是阿斯图里亚斯的贵族世家的后裔。即便是明智的塞万提斯也毫无根据地声称自己来自高贵的萨维德拉家族,尽管他的父亲只是个兼外科医生的理发匠,在不同的城镇间奔波,给他的病人拔火罐、去水疱。我可以顺便提一提在索洛沙诺的传记中偶然读到的一个小插曲。索洛沙诺是位著作等身的流浪汉小说作家。有一段时间他为那不勒斯一位知名的总督贝纳文特伯爵担任秘书。国王想要给他的服务以奖赏,于是就一分钱也不花地赐予他一个头衔并允许他出售。他把这个封号转让——无疑是以一个好价钱——给了某个叫做维森西奥·安东尼亚尼的加埃塔的当地人。我想如今人们仍有充分的理由追随这一习俗:贫穷的官吏在晚年可以通过这一途径缓解经济

① 西班牙哈布斯堡王朝,是指1556年至1700年间统治西班牙、西属尼德兰和意大利部分公国和1580年至1640年间统治葡萄牙的家族。西班牙哈布斯堡王朝与奥地利哈布斯堡王朝同宗,而其母系祖先分别为卡斯蒂利亚女王伊莎贝拉一世和阿拉贡国王斐迪南二世,他们都是特拉斯塔马拉家族的成员。而在1700年后继承西班牙王位的都是波旁家族的成员。

上的压力，而不需要花纳税人的钱，生意兴隆的商人或幸运的经纪人则可以体面地跻身贵族阶层。

我已经提到过爱情是一种在初次相见时就会抓住其“受害者”的情感。男人和女人一样（至少在戏剧和小说中），惊鸿一瞥，无意间看见的美丽身影就会激发出强烈的爱意。爱情是如此炽热以至于在清晨——曙光是他们起床的信号——爱的力量就将他们牢牢占据。我认为我这样说是不会错的：另一方面，在我们生活的时代里，一直到情人们喝下第一杯鸡尾酒寻求慰藉之前，那种被误称为“柔情”的情感对他们的控制是微乎其微的；爱情的狂热被控制在理性判断力的范围内直到工作结束为止。在西班牙，人们一天二十四个小时都沉浸于爱河中。这是一个很自然地会用夸张方式说话的民族。当我们说“这太让人讨厌了”的时候，他们则会叫喊道，“这整个世界上还有比我更不快乐的人么？”我已经讲过士兵米格尔·德·卡斯特罗用什么样的措辞来形容他的心上人了。西班牙的情人会从天上攫取明月献于爱人的脚下；他那火焰般充满激情的天性会把太阳也扯进来；他遍寻古典神话来表达自己澎湃的欲望，动植物的王国恰好为他提供了充足的隐喻之源。这样的爱情是以婚姻为目标的，特别是当女子的出身和财富都令人满意时。但这究竟是由于宗教裁判所的审查制度或是出于西班牙人对家庭生活天生的渴望，我就不得而知了。

可是，燃烧在这些血气方刚的男女之间的爱情——尽管他们的表白如此浪漫——非常诚实地说是来源于性的需求，关于这一点男女双方都不会伪装。结婚仅仅是床第之欢必需的前奏。男人们天性好色，女人们也强烈渴望着享有肉体的欢娱，人们常常期待着婚礼的到来，可接下去却很难让殷勤追求的男子履行自己的诺言。在西班牙的戏剧舞台上有一长列出身名门的女子在为她们失去的尊严而哀悼,在整个三幕剧的演出中,她们都在通过苦苦乞求来纠缠背信弃义的情人,或以复仇相威胁。舞台上回荡着她们呼唤正义的声音。她们并不试图隐藏自己的耻辱,但会利用每一种韵律格式大事声张为之恸哭。必须承认的是,当心有不甘的情郎被迫无可奈何地兑现自己的誓言的时候,他会表现得兴高采烈,这使得观众欣慰地相信这对夫妇从此会幸福地生活在一起。

西班牙人固执地相信贞节的价值堪与宝贵的珍珠媲美,然而令人惊讶的是西班牙戏剧中的女性角色对此却十分地马虎大意。丧失贞节带来的危险一直在她们的眼前。不但强奸者可能在她们困难时置之不顾,她们的父亲和兄弟也许也会认为只有死亡才能洗清她们名誉上的污点。在《萨拉美亚的市长》中,伊莎贝尔被士兵绑架,并遭到了统帅的强奸。虽然她的兄长只是个农夫的儿子,却拔出匕首刺向她的心脏,幸亏他们的父亲及时出现才阻止了这一切。这个可怜的女子,尽管决不该受到指责,却认为死亡不过是自己应得的报应。当发现自己的父亲被捆在树上的时候,她不愿为他松绑,因为她坚信在她说完想说的话之前,父亲就会将她杀死。直到她以优美的韵律详尽地告诉了父亲自己所承受的凌辱后才释放了他。但是她的父亲决定如果她进入修道院就可免一死,他用残酷的常识述说道,作为基督的新娘,她选择了一位不会对贞节大惊小怪的丈夫。然而,尽管有了这些危险的遭遇,那些软弱无能的人仍然显得极其缺乏谨慎。他们对于贞操的标志——处女膜的态度比当今的女演员对一串被巨额保险了的珍珠的态度还要更加疏忽。

关于这一点,研究一部叫做《塞维亚的浪荡子》的戏剧会颇有启发。这部戏在世界上引起了一些骚动。戏的作者是修道士加布里尔·特列兹,他以蒂尔索·德·莫里纳为笔名进行创作。我要顺便提一句的是他很好地处理了牧师的相关事务并以模范方式履行了他的宗教职责。《塞维亚的浪荡子》一定是历史上最糟糕的戏剧之一。西班牙的戏剧作家们(或许是合理地)从不太在意规则,但还没有几部戏剧作品像《塞维亚的浪荡子》那样,非常随意地发展故事情节。整部戏极不连贯,场景一个接着一个,彼此之间没有适当的顺序。作者根本不顾事实的可能性。村野之夫沉湎于华丽动人的辞藻,即便是有教养的尤弗伊斯①也会对此感到震惊。剧中人物的举止行为都缺乏基本的常识。角色塑造因循守旧。如今,当一部戏结构拙劣,人物表演不合情理,零碎材料到处都是的时候,人们会端坐在那里,说这部戏有艺术气氛。我猜测人们也可以说《塞维亚的浪荡子》具有同样含糊不明的特质。它必定具有一种奇特的、邪恶的生命力。阅读它的人不可能不惊讶于这样一部蹩脚之作居然能有如此辉煌的命运。以这部戏为基础的改编本数不胜数。它启发了诗人和画家,雕塑家与作曲家。因为,唐璜正是在这部戏中第一次在世人面前亮相,从此之后,人们从不曾对他感到厌倦。我想这也证明了,任凭你写得怎样糟糕,任凭你干得如何拙劣,如果你碰巧创造了一个典型形象,就可以流芳万世了。你赋予了他生命,他将使你永远铭记于人们的心中。对于一个作家来说,这就是最大的幸运了。

堂吉诃德、桑丘·潘沙和唐璜是三个不朽的人物形象。

将这部戏中的唐璜与后代人逐步塑造出的唐璜形象加以比较是件奇妙的事。但首先请注意到石像参加晚宴的那段情节是个巨大的绊脚石。事实上作家们都感到他(或它)是个很难处理的棘手角色。当他进入晚宴大厅之后——这一刻不可能不充满戏剧

① 尤弗伊斯(Euphues)是英国小说家、剧作家约翰·利里(John Lily)分别于1579年和1580年创作的两部作品《尤弗伊斯:智慧之剖析》和《尤弗伊斯和他的英国》中的主人公,后专指喜爱用华丽的文体书写的人。

性——他们中没有人知道该拿他怎么办。比起他的后继者，蒂尔索·德·莫里纳将这一场景处理得更是一塌糊涂。石像与唐璜共进晚餐，然后唐璜又和石像一同去晚餐。本来只需要一个场景，剧作家却设计了两个，这么做令人惋惜地削弱了戏剧效果。然而，正是这一剧情的小插曲赋予了他创作整部戏的想法，在从头至尾的过程中他一定要逐渐将它推进。他创造出唐璜这个人物，也是针对这一插曲的。蒂尔索·德·莫里纳并不是唯一的一个被戏剧性的事件激发出想象力的剧作家。当他开始戏剧写作时却发现他设计出的表现这一事件的人物形象倒使得事件本身变得毫无意义了。尽管这部戏的情节并不足取，悲惨的结局十分怪异，可是唐璜的形象却留在了人们的记忆中。后代人将他描绘成一个伟大的情人，激情澎湃但变化无常。一些人不可避免地把他无法满足的欲望看成是对生命的比喻，其他人则把他的反复无常当作人类孜孜不倦追寻理想的象征。还有些人认为他经历了一段又一段俗世的爱情是为了不顾一切地追求柏拉图所描绘的那种圣洁之爱。然而蒂尔索将他的这部戏命名为《塞维亚的浪荡子》。他笔下的唐璜并非伟大的情人，而是个肆无忌惮的私通者。但他的享乐并不仅仅局限于欲望的满足，还包括戏弄：一半的乐趣存在于他实施的种种欺骗。他通过计谋、空头承诺和对地位的大肆宣扬来得到女人。当他把她们骗到手之后，就会高兴得笑破肚皮，因为他将她们愚弄了。这和当别人要坐下时将椅子抽掉是同样性质的玩笑。在唐璜的身上审慎与勇敢奇怪地混合在一起。他会冒着生命的危险营救溺水的仆人，然而在他谋划引诱女子的同时又会准备好脱身之计。他敢于鲁莽行事是因为不会冒任何风险：他的父亲是法院院长，也是国王的宠臣。他是一个坚定的天主教徒，尽管对于那些会受到上天惩罚的威胁不屑一顾，他仍完全打算及时与上帝言归于好。他不懂得感恩，对他人的痛苦也无动于衷。他英勇仗义、机智诙谐而且彬彬有礼。这一典型的人物形象流传至今。唐璜是如今放荡的年轻贵族子弟的祖先,他拥有绅士的举止风范和感化院男孩的冲动本能,他与职业拳击手、赛马骑师和在酒吧里郎当度日的人结交朋友。他性情和善但不讲道德,喜欢他的人将他描绘成他自己最糟糕的敌人。一个可怕的鲁莽之人。女人——尽管他像对待厨房女佣那样对待她们——爱慕他。她们不顾廉耻地欣然倾心于他,以至于他自己都常常觉得尴尬。女人这奇怪的动物啊!匪徒和骗子会告诉你他们那一行的艰难之处倒不在于警察的警惕小心或同伙的不可信赖,而在于性的迫切要求。

在《塞维亚的浪荡子》中,女人们的行为的确非常轻率,她们那些愚蠢的念头如此空虚无聊,以至于几乎可以为恶棍的罪过进行开脱。还是处女的女公爵伊莎贝拉在夜晚允许一个敲门的男子进入了闺房,她以为那人是自己的求爱者,就和他上了床。当灯光点亮之时,她才惊讶地发现自己竟然把童贞给了一个完全陌生的人。唐璜幸免于溺水而亡,渔家女蒂丝贝雅在自己的小屋里为他提供了避身之处。他只不过承诺要和她结婚就使她立即屈从于他的求爱。阿娜与唐璜最亲密的朋友相爱。她与爱人有约,于是唐璜便施计摆脱了他,自己代替他前往赴约并将阿娜强奸了。阿敏妲是个美丽的农妇,当唐璜看上她时,她正要与巴翠西奥结婚。唐璜告诉巴翠西奥自己已经和他的新娘睡过了,新郎的尊严迫使他离开了阿敏妲。唐璜来到了新房,向阿敏妲夸耀他是怎样伟大的一个人(当然承诺要娶她),从而将她引诱上床。也许对于这些女子——公爵或是农妇——而言,处女膜是她们最无价的财富,但她们全都糊里糊涂地匆忙摆脱了它。小说《女流浪汉贾斯廷娜》中的女主人公就并非如此。她非常了解贞操的价值,尽管男人们——学生、理发师、虔诚的隐士以及道貌岸然的教堂司事——都试图勾引她,她却以计谋和机智挫败了他们的企图。她将他们的财富掠夺一空,但没有给予任何报答。因此当她最终嫁人的时候,可以骄傲地说,红宝石色的潮水将给银白色的婚礼床单涂上颜色,她的童贞可以光荣地得以证明。凌乱污秽,但充满说服力!

然而有一些刚愎自用的人却宣称小说和戏剧并不总是如实地反映当时的礼节和风俗。我们没有理由认为非凡的塞万提斯的家庭与他所属的中产阶级的其他家庭有很大区别。在关于其家庭成员行为举止的记录中,有大量的内容会刺痛文明时代的道德感。塞万提斯的姑妈玛丽亚作了副主教的情妇,而玛丽亚的父亲则是位严厉正直的法官。当尊敬的副主教先生逃避支付为补偿她失去的贞操而承诺给她的钱的时候,她的父亲毫不犹豫地动用了法律的权威。塞万提斯有两个姐妹,玛德莲娜和安德里亚。她们俩都靠卖淫这种轻松而且更容易赚钱的方式来补贴做针线活的微薄收入。要不是因为堂·阿方索·帕切科·德·波尔多卡莱拉——尽管他有一个光辉的名字——赖账不肯给玛德莲娜五百个达卡金币的话,塞万提斯本来早就可以从阿尔及尔的俘虏中被赎回了。阿方索先生似乎是个不守信用的付款人。他答应给安德里亚五百个达卡金币("因为我对你负有重大的职责"),但最深入的调查研究也未能显示出他履行了诺言。看起来不愿意为他人提供的服务付钱好像是这个家族的特点,因为安德里亚不得不对阿方索的弟弟提起诉讼,控告他没有兑现承诺过的金钱和珠宝。但幸运的是,尽管如此她还有其他更慷慨的爱慕者:一个叫做胡安·弗朗西斯科·洛卡德罗的意大利人曾给了她一定数目的现金、服装和一些家具。其中的一部分是五卷塔夫绸,在后来缺钱的时候,塞万提斯就拿去典当了三十个达卡金币。

在他娶卡达利娜·德·莎拉萨之前不久,塞万提斯和一个叫做阿娜·弗兰卡的女演员生了一个女儿,被称作伊莎贝尔·德·萨维德拉。在她十四五岁的时候,母亲去世了,于是她的姑妈玛德莲娜就把她当作女仆使唤。可是,她似乎并没有将少女之身保持很长时间,也很自然地不再做仆人了。后来,她获得了在家中作为女儿的合法地位。之所以如此不过是因为她的姑妈们年老色衰,全家人转而要依靠她(塞万提斯靠写作挣的钱微不足道)维持生计了。在《堂吉诃德》成功出版没多久,一件非常不幸的事故降临到了它的作者身上。一个叫做加斯帕尔·德·埃斯皮勒塔的浪荡子在塞万提斯的家门前受了伤,被抬进屋后就一命呜呼了。负责调查此事的长官得知这家女子的举止言行引起过流言蜚语,他认为关于这件命案他们知道的内幕比他们选择说出来的要多,于是便逮捕了塞万提斯、他的妹妹安德里亚和她的私生女康斯坦萨,塞万提斯的女儿伊莎贝尔以及住在那里的其他女眷。他还逮捕了一个名叫西蒙·门德斯的富有的葡萄牙人,人们普遍认为他是伊莎贝尔的情人。虽然并没有证据显示他们中的任何人与这次犯罪有关,但参加判决的四位官员禁止西蒙·门德斯与伊莎贝尔·德·萨维德拉再有任何往来,女士们尽管从监牢里释放了出来,但仍要在家中受到拘留。过了一段时间以后,伊莎贝尔在一位叫做胡安·德·乌比纳的成熟已婚男士的监护下独立生活了。当伊莎贝尔(带着八个月大的婴儿)和某个名为路易·德·莫里纳的人结婚安定下来时,也正是他为她置办了嫁妆。

这些就是西班牙文学黄金时代的一位杰出作家的家庭故事。

这一切给塞万提斯传记的作者们造成了很大的不安,他们动足了脑筋想要隐瞒这样的事实:塞万提斯是个贫穷的人,在需要的时候,他先依靠自己的姐妹然后又依靠自己的女儿出卖肉体来从中获利，并丝毫不为此感到耻辱。其实，用一个时代的标准去衡量另一个时代的人是不合情理的。一个受人欢迎的作家现在会认为靠自己的女性亲属卖淫生活是不光彩的（他并不需要如此），但是他会毫不迟疑地夸赞一位评论家的著作，以此换取评论家对自己作品的赞许。从道义上来讲，这两种行为无一可取。也许我们所知道的人当中没有人比塞万提斯更加宽容了，可是宽容并非一把雨伞——你觉得要下雨时就带上，天晴时就丢在家中；宽容，是你在人生的任何境遇下都会随身携带作为支撑的东西。塞万提斯既然能宽容地对待其他人的行为，就没有理由不能用同样的宽容来看待他自己的行为。我们也可以这么做。从大多数人的行为当中，你可能会断定只有在丝毫不关心的事情上才需要宽容，然而恰恰相反，正是在那些你非常在乎的事情上才有必要宽容。宽容是人类战胜无情的利己主义的一次重大胜利。塞万提斯传记的作者们试图将他塑造成一个圣人。真是愚蠢呵！艺术家不需要被洗刷得一清二白。你必须如实地表现他，否认他的缺点是不恰当的：没有了缺点，他就不再是他本人，也就不再是个真实的艺术家了。作家通过观察塑造角色，但只有当这些角色都是他自己的时候，他才能赋予它们生命。作家的性格层次越丰富，他能创造出的人物也就越多。塞万提斯不仅仅是高尚的堂吉诃德，他还是机敏忠实的桑丘，是卑鄙的希内斯·德·帕萨蒙特，是理发师，是牧师，是爱开玩笑的桑松·加拉斯果。艺术家和试图与上帝沟通的神秘主义者一样，灵魂是与尘世分离的。他生来就拥有神秘主义者通过压制欲望去寻求的自由。他超然物外。艺术家的是与非并不同于普通人的是与非。如果愿意，普通人也可以对他加以谴责。但他只会耸耸肩，继续认真地沿着自己的路走下去。然而普通人倘若明智的话就不会急于这么做。在我们对他人的评判中包含着太多的虚伪。我们为自己打造了一个理想中的形象，并用它去衡量我们的同伴。但是当我们阅读佩皮斯的《日记》[1]或卢梭的《忏悔录》[2]（其中道出了一些事实），当我们研究瓦格纳[3]的生平时，都会感到震惊：我们忘记了我们不愿正视私下的自己。我不相信世界上有任何一个人——如果我们了解到有关他的全部事实——看起来不会像个堕落的怪物。但我也相信几乎没有人不是同时也具备道德、善良和美丽的。塞万提斯毫不犹豫地依靠姐妹们的放荡行为获取好处。他有时从事的买卖会令他深陷重重麻烦，以至于很难确信他是个诚实的人。但同时，他勇敢、坚忍、仗义、心胸宽广。

有名望的旅行家会对西班牙道德的放纵感到震惊，这也许没什么不可思议的。凡·阿森斯是在菲利普四世统治期间来西班牙游览的一位财力雄厚的绅士。“除了在马德里各处都能找到众多的放荡女人外，”他写道，“还有些女人生活在某些固定的街区，这些街区受到政府的支持，为去那里的人提供住宿……她们可以从市政府那里领取薪水，这也就是为什么如此声名狼藉的一份职业会有人孜孜以求的原因。当一个年老的妓女死了，或是因为染上梅毒而不能接客的时候，就会有人向地方官员申请填补空缺……因为政府的宽容和不加处罚，她们就这样犯下罪孽，而且几乎不会放弃公然从事的卖淫行为，尽管一年当中有一天是专门用于规劝她们悔过的。在

① 《佩皮斯日记》的作者是塞缪尔·佩皮斯（Samuel Pepys，1633—1703）。佩皮斯于1659至1669近十年间以日记的形式完整记录了自己生活和工作中的见闻琐事，大到1665年的大瘟疫和1666年伦敦大火灾，小至家里的浴室和Kenelm Digdby爵士制作小蛋糕的精确配方。佩皮斯花了大量笔墨描写自己，无论是处在私人空间还是公众面前的自己；然而写到自己的所感所思和一举一动时，字里行间却几乎从不牵涉宗教的和精神心灵的问题。

② 卢梭（Jean-Jacques Rousseau，1712—1778）：法国著名启蒙思想家、哲学家、教育家、文学家。《忏悔录》把一个人的真实面目赤裸裸地揭露在世人面前，是一部因真实而伟大的精神自传。

③ 瓦格纳（Richard Wagner，1813—1883）：德国歌剧家，作曲家。

大斋节的一个星期五,一到两个警察会护送她们前往悔罪者教堂。她们坐在讲道坛旁边,讲道的教士尽其所能地想要打动她们的心灵,但几乎没什么效果。”

在徒劳地进行完规劝她们改变生活的讲道之后,教士从讲道坛上走下来,将十字架展现在她们面前,说道:看着主,拥抱他。如果真有人这么做了,她就会立即被人带走,关进忏悔室。但通常她们根本不会去抓住十字架,而只是垂下头,掉几滴眼泪,在做完愁眉苦脸状之后又继续放荡的生活。她们会常常被灌输以抹大拉的圣马利亚①的故事,但这并不能感化她们去效仿她的行为。

我很难相信政府会将温情主义发挥到给这些女人发放最低生活工资的地步,但毫无疑问的是它的确划分出街区供她们定居。当她们从这些街区出来时——她们经常借助各种托辞这么做——皇家法令规定她们必须披上黄色的头巾,以免被误认为是良家妇女。但是——这是女性心理有趣的一点——令合法的披戴者愤慨的是,良家妇女也裹着同样颜色的头巾。为了抵抗“非专业爱好者”的不公平竞争,这一古老行当的合法成员决定蔑视法律,改用黑色的头巾替代黄色的。可是我无法探知这是否达到了她们想要的效果。我对此表示怀疑。

我要感激弗朗西斯科·马林先生,他的博学使我对关于那个时代规范的一些有趣的真相有所了解。看起来在1468年11月4日这天,斐迪南国王在没有与伊莎贝拉女王一起的情况下独自签署了一道皇家法令,他之所以这么做是因为这件事有点伤风败俗。法令宣称鉴于堂·阿方索·亚涅斯·法克萨尔多在对抗摩尔人战争中

---

① 抹大拉的圣马利亚的故事出自《圣经·新约》。在抹大拉城有个非常美丽的妓女名叫马利亚,她在遇上救世主耶稣之后完全改变,成为超凡脱俗的圣女。

的杰出功勋，将赐予他及其子孙后代一件永不撤回的礼物。这件礼物就是他们将永远占有阿方索为了神圣的天主教信仰而占领的摩尔人土地上的妓女们居住的街区和房屋。阿方索可以扣押格兰纳达王国所有的妓女，其他人严禁收留她们。他有权将房屋出租收租金，并索取贡品。以后的君主批准他的后代们也拥有这一赏赐。如果不是永远的话，那么至少几代人都持续享受着赏赐带来的酬金。

当然，不管是阿方索还是他的后代都不可能亲自从事这项赚钱的生意。随着时间的推移，这些财产被逐渐分割了。一个挥霍的贵族不得不变卖部分的遗产，一个出嫁的女儿需要嫁妆，国务大臣需要贿赂，其结果就是房产被分割给成许许多多份，每个人得到了十二到二十间房屋。房屋的主人必须要选择一位值得信赖的人照看生意。这个人被称作"阿爸"。这是很多人梦寐以求的体面职位，并且有利可图。"阿爸"的提名要经过市政府的批准，当提名通过之后，他就会在议会官员面前宣誓要遵守法规。这些法规规定他每间房屋每天收取的租金不应超过一个里亚尔（他对此不予理睬），而且要提供一张床、两张床垫、一个枕头和一条被单、一把椅子、铺在地板上的席子和烛火。一个里亚尔相当于当时英国的六个便士，但是当然，价值是现在的十倍，甚至更多。年轻漂亮的女子一天能挣到四到五个达卡金币，但年老色衰的只能挣到几个便士。尽管严格禁止，但"阿爸"会将衣服出租给他的客人们，当客人们手头紧的时候，他还会向他们放高利贷，他们可以用任何财物或预期收入作为抵押。总而言之，这些令人尊敬的人们从他们的职位上捞了不少好处。

然而，随着岁月的推移，女人们觉得离开分配给她们的街区到城市的不同地方定居对她们更加有利。她们只要庄严地宣誓打算不再卖淫，要过正派清白的生活，就会获准离开。其结果就是政府不再拨款贴补妓院了。"阿爸们"向市议会正式提出了抗议——不，并非你想象的那样，因为这夺去了他们的生计，而是出于公共道德的名义。他们呼吁议会关注这样的事实："这些堕落的女子在大街小巷游荡"（因为她们当然从未有过改变生活方式的念头），引诱男人们到她们的房子里去"享受肉体的缠绵"，尊敬的官员们可以想象出这会引发多少的社会弊病。他们要求要么把妓女们驱逐出城，要么就命令她们返回妓院。市议会的元老们严肃地考虑了这件事，但他们已经通过了1623年的法令，废除了整个王国中声名狼藉的妓院。因而，很多受人尊敬的市民失去了他们谋生手段，阿方索的子孙后代一定在辛酸地自忖：拥有一个在抗击摩尔人战争中立下汗马功劳的祖先对他们有什么用呢？"在我绘声绘色地描述的这一奇特画面中"（再次引用我喜欢的荷兰人凡·阿森斯的话），我不知道你是否会和我一样对黄金时代西班牙人展现出的形象感到惊讶。就我而言必须承认这与我的预想丝毫不符。这些西班牙绅士不是我们大多数人想象中的威严、缄默、谨慎的人。我们想象中的人与当时文学作品中展现出的快乐、放荡、好色的人之间的区别如此巨大，让人困惑。的确，当你看到普拉多博物馆中埃尔·格列柯的一系列肖像画的时候，你很难相信他画的这些人与蒂尔索·德·莫里纳的《托莱多的乡间小屋》（我讲述的恶作剧的人和死去的纺织工的小故事就取材于这本书）中出现的人来自相同的民族。你无法想象这些病态、忧郁、穿着奇特的绅士们居然会瞎搞胡闹。凡·阿森斯说西班牙人在公共场合表现得非常庄重、严肃、保守，"但是在私底下，在那些很熟悉他们的人面前，他们的行为方式全然不同，你无法把他们当成相同的人"。这倒是有趣的一点。他们看起来似乎戴着一张面具。可为什么要这么做呢？奥地利王室把庄重看成是帝国威严的不可缺少的部分，同一位旅行家告诉我们有一天王后在用餐时被小丑的巧妙言语和滑稽动作逗笑了，当时就有人提醒她这么做会有损王后的尊严。我们知道国王受过训练，他的情绪不能通过举止或表情显露出来。他说话的时候嘴唇和舌头都在动，但不允许用任何手势，面部也没有任何变化。这种令人难忘的庄重严肃可能被那些与奥地利宫廷有联系的国家加以效仿，从而成为了文雅的标志。而后，在意大利和低地国家中，西班牙人生活在敌对的人群当中，而且那些人比他们更加富于机智：愚蠢的人很自然地会假装出威严的态度，作为防卫去抵挡他们无法理解的智慧。在处理与隶属种族之间的关系时，这或许对他们十分有用。然而即便在自己的国家，他们也总是怀疑外国人，于是便通过傲慢不逊及礼仪客套与外国人保持距离。这些特征很自然地会给外国人留下深刻的印象。于是当作家们在戏剧和小说中描绘西班牙人时，人们会期待他们抓住这些特征作为典型。一个典型一旦确定下来就很难消亡。在今天英国的戏剧舞台上，还有谁会相信说话不打手势的法国人或心神不恍惚的数学家！自高乃依①开始的作家们所描绘的西班牙人不苟言笑、骄傲、妒忌、充满激情、沉迷于自我的尊严，这一形象已经具备了显著的戏剧价值，难怪浪漫时代的作家们毫无异议地接受了它，因为它恰好符合感情夸张的戏剧性的独特需要。

但这些仅仅是猜测罢了，读者可以相信也可以置之不理。

① 高乃依（Pierre Corneille，1606—1684）：法国剧作家、诗人。

九

一个吸引我选择这一主题的原因在于可以有机会写一写埃尔·格列柯。正如我们所知道的,他喜欢画相貌俊朗的青年男子,我本打算让我的主人公坐着让他画像,认为这样便有机会描绘我所看到的那个奇特的画家了。

画家总是憎恨作家们表达他们对画作的观点,这倒也并非不近人情,因为作家们写下了太多有关绘画的荒谬之论。画家们常常以十分强烈的方式坚持认为只有他们自己才能对绘画作品发表权威意见,而从文学视角出发去看画的作家不可能了解画作的独特价值。作家所能做的就是静静地欣赏,如果有钱的话就将画买下。在我看来这是一种狭隘的思考方式。他们声称只有画家们才应该讨论技法,这毫无疑问是正确的,然而技法并非绘画的全部。你也许会说只有剧作家才懂得欣赏戏剧。戏剧艺术同样有技法,尽管它的技法并不像一些专家们所伪称的那么深奥,然而那是只有剧作家才关注的事情。试图理解一种艺术所采用的技法可能会偏离主旨。它甚至会带给外行一种熟知内情的感觉(就像能叫出一个高级餐馆领班侍者的名字一样),对于某些人而言这种感觉十分惬意。但这并非欣赏艺术的必须,可能还会对欣赏造成严重的妨碍。我们知道画家们往往是相当蹩脚的绘画鉴赏家,由于他们过于热衷技法,因而忽略了虽与技法无关但却能给一幅画带来真正价值的那些优点。技法不过是艺术家达成目的的手段。它仅仅是关于在特定领域达成卓越的最佳方法的知识,即使是一个平庸之辈也可以逐渐通过努力获得这种知识。但仅凭技法既不能触动心灵,也不能振奋精神。

而不够成熟的技法也不能阻止艺术家震撼人心。我认为人们没能充分意识到艺术家面对自己所创造的作品的态度与观看者的态度之间存在着巨大的鸿沟。两者之间的联系微乎其微。目前我将暂时不涉及艺术家的立场,而是从观看者的角度来考虑艺术作品。

不过我首先要说明一个词的含义。"艺术家"这个称呼如今已被赋予了一种价值判断。而且(尽管画家们并不过于拘谨)我们中大多数从事某项艺术工作的人羞于承认自己是艺术家,正如羞于承认自己是绅士一样。从这个意义上讲,这个称呼是受时尚摆布的产物。一位画家在某一阶段也许会被当成艺术家,而在另一个阶段又会被看作是手段纷繁的骗子。而且这个称呼并不总是与卓越成就相符合,这就使它更加模糊混乱。我猜想很少有人会否认艾迪生①是比查尔斯·狄更斯更伟大的艺术家,但几乎没有人会怀疑哪一个才是更加伟大的作家。"工匠"这个词会引起不幸的联想,同时它也不能体现出作为艺术核心的创造行为;而"创造者"这个词则过分地自命不凡了。除了"艺术家"这个词以外我想不出其他合适的词了,因此我只能用它,但是我指的仅仅是从事艺术工作的人,他或许是位出色的艺术家,也可能很糟糕。

很久之前我就发誓要脱离在我年轻时代非常普遍的一种异端邪说,即为艺术而艺术的唯美主义。奥斯卡·王尔德在英国普及了这一理论,王尔德是从惠斯勒②那里了解到这一观点的。它赋予艺术愈加深奥的品质,从而使艺术家感到满意。有教养的公众以这一群体特有的谦卑接受了这一观点。他们总是从艺术家们对其表示出的轻蔑中获得一种受虐狂式的愉悦。在受到恫吓胁迫之后,他们

① 艾迪生(Joseph Addison,1672—1719):英国散文家、诗人、剧作家,英国期刊文学的创始人之一。

② 惠斯勒(James Whistler,1834—1903):美国画家,唯美主义重要代表。

只能以一种超越普通民众的优越感而聊以自慰。唯美主义坚信艺术品的目标就是要唤起审美感受，在你感觉到美的时候，你也就获得了艺术品所必须给予你的一切。然而一种导致虚无的感受又是什么呢？体验美感是令人愉快的，所有的愉悦都是好事。可是喝一罐啤酒同样也是件惬意的事，而至今无人能说明，如果仅仅作为愉悦而言，两者谁更胜一筹。伦理道德家们试图证明精神的欢愉比感官的欢愉更加强烈也更加久长。但他们并不能令人信服。没有任何欢愉是耐久的，若要满意就必须不定期地少量享受欢愉。每天聆听贝多芬的《第五交响乐》就如同天天吃鱼子酱一样乏味。在年岁的增长将感受力磨钝之前，通常的经验肯定是感官的享受要比精神的享受更加生动强烈。我们都认识为了乐趣而博览群书的人。他们狼吞虎咽读书的样子就如同芝加哥的一种吞食家猪的机器，只不过他们的另一端并不会生产出香肠来。我们也认识在美术馆里虚度时光、进行愚蠢沉思的人，他们比抽鸦片的人好不到哪里去，甚至还更糟，因为抽鸦片的人无论如何也不会感到洋洋自得。感受的价值在于它的效果。圣特雷萨一再坚持这一点：与神性融为一体的心醉神迷只有在能激发出更伟大的创造力时才是宝贵的。无论审美感受是多么美好多么微妙，它的价值只有在能够唤起行动的时候才得以体现。

不管艺术家是否有意为之（在我看来，他鲜有此意），艺术作品提供了一种信息。这与艺术家本人无关。从他的立场来看这也许只是其绘画行为的副产品。就好像燕子筑巢哺育幼雏，却不会意识到由于燕窝具有壮阳的功能，孱弱但好色的中国人会用它来熬汤。这一信息以两种声音传达。一种声音认为艺术品是暂离苦难生活的一种消遣和逃避，是对这尘世间不可避免的残酷行径的一丝慰藉，是远离人世喧嚣的一段休憩，是摆脱艰辛劳作的一次释放。这已相当重要，倘若一件艺术品仅仅要传达这一信息，那么它就可以证明自身的价值。然而伟大的作品还会发出另一个声音：它们丰富了人类的灵魂，从而使之能够进行更加高贵更加富有成效的活动。它们的效果在于激发了高尚的事业。但若是你问我高尚的事业指的是什么，我必须承认这很难作答。不管怎样，我暂且乐意接受弗雷·路易·德·雷昂的那句名言："生命之美，不过就是每个人均能遵从其性情与追求而行动。"

尽管洋洋洒洒写了这么长的导言，我倒不想过多地谈论埃尔·格列柯的绘画作品。没有什么比描述一幅画里的绿黄蓝等各种颜色更加单调乏味的事了。即便把照片放在面前，你也不可能将这些色彩在脑海中形象化，叙述者的热情对你而言也是无关紧要的。能说出埃尔·格列柯采用的那种素净的银色非常动人就足矣了。每当艺术评论家们开始谈论上面的和下面的三角形，就像他们说到《奥尔加斯伯爵的葬礼》时那样，或是谈及《圣莫里斯》画中内部和外部的椭圆形的时候，我就会叹气。难道他们真以为艺术家会费工夫考虑这些事？人们将绘画作为一个整体观看，这是造型艺术相比描述艺术的优势之一。而且正是作为整体，画作才得以打动人心。对绘画各个部分的研究只不过是娱乐消遣。经过分析的感受就不再是感受了。我并不认为画家创作一幅艺术作品与其他艺术家有什么不同。艺术家是通过直觉与知识的结合进行创造的，而他的知识一部分来自于他的前辈，一部分来自于他曾犯过的错误。我对于埃尔·格列柯怀有最崇高的敬意，如果说我的钦慕还有些资格的话，那也许是因为我从他那里挖掘出了我所能获得的一切。就我自己而言，在一件艺术品给予我强烈的感受之后我就无法再次体验这一感受了，正如我不能在用过餐之后再吃一顿饭。在这方面我与奶牛大不相同。人们对一切都会感到厌烦。但是隐藏在艺术品之后的艺术家的性格却会继续存在，对某些人来说这是作品中最重要的乐趣。人是如此复杂的动物，倘若你用心了解艺术家的作品，这一兴趣会始终持续。

因而我所关注的是这个希腊人的个性。我只知道有一个词可以形容它，可我们又被告知要避免使用这个词。已故的杰出人士福勒①告诉我们不要以任何借口去使用“迷人的”这个词。他悲伤地询问我们为什么不能用“有趣的”或是“复杂的”。然而这几个词的含义的确有所不同。如果说用词必须合理的话，那正体现在这里。在我看来，“迷人的”这个词暗示了一种暧昧不明的状态，一个诱惑你去解答的难题和一个需要调动你全部的敏锐感觉去挖掘的秘密。知道它是从“迷惑人的诡计”这个词而来的也挺好。到如今这个形容词已经获得了它自己的含义。那么我可以大胆地说没有任何一个艺术家比埃尔·格列柯更加迷人。我一直想知道是不是从关于他生平的点滴琐事中，从某些熟悉他生活境遇的人那里以及从他奇特而美丽的画作中我们才获得了关于他是一个怎样的人的连贯印象。如果我要通过文字来为他描绘一幅栩栩如生的画像，那么这些信息确实很关键。同时，我认为这样我或许可以解释在他的画中的某种神秘的东西，这至少会令我自己觉得满足。

关于埃尔·格列柯的生平人们所知甚少，而那些微少的了解又出乎意料。直到最近以前，人们一向认为他出生于 1545 年左右，或者更晚些，因为在一封日期为 1570 年的信中，胡里奥·克罗维奥②向红衣主教法尔内塞举荐了埃尔·格列柯，胡里奥将他描述为一个年轻人。可是近来有一个博学的西班牙人弗朗西斯科·桑·罗曼

---

① 福勒（Henry Watson Fowler，1858—1933）：英语教学大师，词典编撰家。
② 胡里奥·克罗维奥（Julio Clovio，1498—1578）：意大利细密画家。

先生证明了他出生于1541年。在他近三十岁的时候胡里奥·克罗维奥竟然还称他是年轻人,这似乎有些奇怪：在当时,甚至更晚些时候,那样的年纪被看作是成熟的壮年而青春业已逝去。不过这倒与朱塞佩·马丁内斯关于格列柯在很老的年纪才去世的陈述十分契合。人们都知道他死于1614年。比较合理的解释或许如此：胡里奥·克罗维奥认为这样说能激起潜在资助人的同情。要么就是因为在七十三岁高龄的他看来一个三十岁的人也不过是个男孩。在信中他还进一步将格列柯说成是提香①的学生。乍一看这让人颇感惊讶,因为据我们了解他的主要作品都体现出丁托列托②而并非提香对他的影响。但是埃尔·格列柯早期的绘画似乎在很大程度上要归功于对提香的模仿。而老谋深算的胡里奥·克罗维奥很可能认为将这个年轻人称作是那位较有名的大师的学生会更有帮助。埃尔·格列柯出生在克里特岛。人们对于他的童年一无所知,但却认为他是在修道院的学堂里学会画画的,绘制宗教肖像长久以来一直是那里的一项繁荣产业。后来他前往威尼斯,但究竟是在什么年纪就不确定了。他在那里逗留了很长时间,之后便在罗马定居了下来。他似乎在那里生活了五六年,然后在1575至1577年之间,那时他大约三十五岁,就去了西班牙,并在那里度过了余生。普遍的观点认为埃尔·格列柯将托莱多当成自己的精神家园。据称,他从建立在一块岩石之上的那座城市的灰色城墙上和周围乡村朴素的氛围中得到启发从而获得了具有魔力的色彩。据说正是与西班牙人性格的碰撞使他逐步显露出一种在他的早期作品中很少体现出的独创性,是与狂热的西班牙宗教信仰的接触使他完成了神秘

① 提香(Titian,1477—1576)：意大利文艺复兴时期威尼斯画家。
② 丁托列托(Tintoretto,1518—1594)：意大利威尼斯画派著名画家。

的升华，从而激发了伟大宗教画的创作。埃尔·格列柯始终被看作是个性情质朴的人，他对俗世的事情漠不关心，而是沿着孤独的苦行之路，抱定决心只想表达自己全神贯注的想象力。他晚期的绘画作品中有稀奇古怪的扭曲变形，这似乎是他为表现一种精神体验所做的最后努力。

这种说法似乎颇有道理，浪漫得足以令想象力感到满意，而且清晰连贯。可是当你考虑到对埃尔·格列柯的一切认识，考虑到他的画作中显现出的与这种说法不符合的种种迹象的时候，就会质疑这种说法的真实性。早在前往西班牙之前他就已经采用那些素净的冷色了。或许这些颜色是他在克里特岛的修道院里学习绘制宗教肖像画时学会使用的，抑或是他凭借自己敏感性而发现的。人们没有理由相信如果他从未离开意大利的话，这些颜色就会有所不同。在埃尔·格列柯去西班牙之前，他为胡里奥·克罗维奥绘制了一幅肖像。奇特的是，这幅画中的风景里出现的扭曲天空与他在晚期作品中经常画的天空完全相同。事实上，在托莱多你并不能够像在威尼斯一样经常看到那样的天空，而它的确出现在圣洛可大教堂中丁托列托的若干幅画里。在《花园里的圣母》这幅作品中你可以看到厚重的灰色云朵，它们轮廓生硬，就仿佛是从凝灰岩里被切割出来的，这是非常典型的埃尔·格列柯画法。

关于他去西班牙的原因人们一无所知。当然，可能他是想去那里找份工作。当时的一些艺术家被聘请前去装饰马德里附近的埃斯科里亚尔建筑群，一个在家乡找不到活干的画家很可能认为去国外碰碰运气是值得的。于是，在伦敦找不到工作的演员们就去了纽约，并往往会获得在他们自己的国家所不能达到的成就。某个与埃尔·格列柯同时代的叫做曼西尼的人声称他离开罗马是因为画家和艺术的赞助人们都憎恨他对米开朗琪罗的《最后审判》所做的评论。教皇认为那幅画中的某些人物形象有伤风化,想让人重新画一遍。于是埃尔·格列柯就说要是他能将整幅作品摧毁,他可以创作另一幅画,“作为艺术品,它一点儿也不会比米开朗琪罗的差,此外还会既纯洁又高雅”。如果说那时的画家会为他们的同伴对于一位死去画家的批评耿耿于怀的话,那么此后的画家肯定有了相当大的改变。如果说当时的艺术赞助人非常重视一位艺术家对另一位的评价的话,那么后来他们也学着改变了很多。据我对埃尔·格列柯性格的观察,我不相信他会因为才华受到嘲笑而愤怒地离开他本不想离开的地方。在埃尔·格列柯与托莱多教士会之间的一次关于他的画作《脱掉基督的外衣》的争论中,埃尔·格列柯在法律审讯中被问及为何来到西班牙,他拒绝给予回答。作为一个外国人,埃尔·格列柯生活在不喜欢外国人的人群当中,还与没有人愿意得罪的教会意见不合,考虑到这些,他在缺乏正当理由的情况下竟然拒绝说明去西班牙的动机就显得有些奇怪了。看上去他很像是有所隐瞒似的。读一读当时的小说和传记你会发现一场争执的悲惨结果常常会迫使人离乡背井。人们往往因为微不足道的过节就迅速地拔剑而出,如果不幸杀死对手的话,通常最好的办法就是离去。我猜想对罗马警察局档案的研究——倘若那些档案依然存在的话——能够使勤勉的调查者了解到埃尔·格列柯去西班牙并在那里停留的原因。在同一次审判中他还声称自己不太懂西班牙语,但似乎并没有人就此质问他。那时他已经在托莱多生活三四年了。埃尔·格列柯有一个“字典情人”①,帝国的缔造者们推荐说这是掌握他们占领国语言的最佳方法,这样可以使他们更能胜任“白人的

① “字典情人”是指殖民者们在当地居民中寻找的情人。这些情人的日常工作就是在照料这些殖民者的日常起居,并教他们说当地语言。

使命"①。他的"字典情人"是一个名叫哲罗妮玛·德·拉斯·古芭丝女子,据说她于1578年为他生下了一个儿子。地中海东部沿岸的人都擅长学习语言。埃尔·格列柯不屑于掌握西班牙语,从这一点似乎可以看出他对于这个成为他后半生家园的国度并不十分感兴趣。他始终以自己出生在希腊为骄傲。众所周知,他为画作签名时用的是希腊字母拼写的全名,他还补充了自己是克里特岛人的事实。人们已经发现了他临终之际所列的藏书清单,大约有两百本书。可这其中只有十七本是西班牙语的,而且遗憾的是它们的书名并没有给出。其余的书都是意大利语或希腊语的。这使我们不由得出结论:他对西班牙文学并无强烈的好奇心。

当埃尔·格列柯定居在托莱多的时候,那里已不再是西班牙首都了,但它依然是许多艺术文学活动的中心。人们正在兴建需要加以装饰的教堂。教士们过着奢华的生活。诗人和剧作家们在此徘徊逗留。画家想必很熟悉洛佩·德·维加和塞万提斯;他也肯定知道那位晦涩、暴躁的概念主义诗人贡戈拉②。剧院里上演着由职业演员和贵族爱好者演出的戏剧,人们抓住每一个可能的时机——皇家王子的出生、和平条约的签订——展开辉煌的节日庆祝。在我所提到过的那本《托莱多的乡间小屋》的书中就展现了一幅托莱多生活的动人画面。必须承认那是一本沉闷无趣的书,辞藻华丽的写作风格单调乏味。书中以巧妙曲折的措辞谈及时间,要想知道它所指何时,你不仅需要熟知天文还要深谙神话传说。当你读到一幅窗帘有赖于建筑小虫们的辛勤劳作,很容易猜出它是丝绸做的。但是当作者告诉你群栖的小鸟将雪变成了正在燃烧的蜡,你要想一会儿才

---

① "白人的使命"指的是帝国主义分子向外扩张时,借口对有色民族所负有的责任。
② 贡戈拉(Luis de Góngora,1561—1627):西班牙诗人,著名文学流派"贡戈拉主义"的创始者。主要作品有长诗《孤独》、《比拉莫和蒂斯贝的寓言》。

会明白他的意思是说蜡烛被点燃了。从我们现代人的品味来看这似乎就是将“把一封没有拆封的信投入火中”用一种拐弯抹角的方法说成“只有火焰才有权力将信开启”。尽管如此,你仍会得到这样的印象:书中描绘的是一群从容不迫、彬彬有礼、教养良好的人,他们对美丽的事物充满喜爱。他们在追逐和钓鱼的乐趣中度过夏日的早晨(鱼儿贪婪地吞吃因为鱼饵是由如此美丽的手喂出的);用安静的游戏、搭建帐篷和赛马来打发午后的时光;在跳舞、愉快的论辩和精巧的玩具中消磨长夜。

读者们或许会认为这样一幅画面与我先前所说黄金时期的西班牙人不断受到贫穷压迫的情况并不十分吻合。那么就让他在宫廷舞会的夜晚去林荫道上看看排成长队的车辆,里面坐着佩戴着钻石首饰的贵妇人和身着华丽新装的初次参加社交的少女们。人们告诉我宫廷内辉煌灿烂的景致难以形容。然后再让他漫步到海军部的拱门,他会找到一个为饥饿的人提供仅仅一杯茶和一口食物的咖啡铺。在那里他将看到排了有四分之一英里长的一串人群,一个小时两个小时地耐心等待着铺子开门。那么,他就会承认我所说的话并不矛盾,那的确就是你所能料想的情况。

据推测,埃尔·格列柯身处城市中有教养的上流社会,与严肃的牧师和显赫的律师们结交,但关于这一推测我所了解到的唯一证据就是他为那些人所绘制的肖像。他是个受过良好教育的人,谈吐优雅。在他收藏的希腊语书籍中,除了诸如荷马、欧里庇得斯、普鲁塔克①和卢奇安②的经典著作之外还有某些神父如圣约翰·克里索

① 普鲁塔克(Plutarch,46? —120?):古希腊传记作家、散文家,最著名的著作为《希腊罗马名人比较列传》。
② 卢奇安(120—180):一译琉善,古希腊作家,无神论者。

斯托[1]、圣查斯丁[2]和圣巴西勒[3]的作品。他大概能够得体地与这些作为他的赞助人的可敬的教会绅士们交谈。在他的意大利文书籍中则有彼特拉克[4]、阿里奥斯托[5]以及伯尔那多·塔索[6]的著作。据描绘,他的生活奇特而奢华,丝毫算不上苦行。他居住在一处豪宅中,室内的陈列被认为是夸张卖弄的。他还命人从威尼斯请来音乐家,让他们在他用餐时为他演奏乐曲。这一切没什么不可思议的,因为想象艺术家喜欢住在阁楼上就是个错误。哲学家们或许能做到安贫乐道,但是画家、作家和音乐家们沉迷于感官事物,只要能力允许,他们就要过风光的生活。他们喜欢壮丽的豪宅,被尽可能多的仆人伺候(只要他们雇得起),并且会为了购置华服而不惜负债。埃尔·格列柯非常看重他从事的行业所带来的利润。他赚了很多钱。在为数不多流传下来有关他的资料中,有几则涉及了他与委托作画的赞助人之间就酬劳问题的争执。当权者因为他在依列斯卡斯工作获得了利润而向他征税,他与他们争辩并得到了有利于自己的判决。就我对争论的理解看来,他的论点就是:他出售的并非画布和颜料,而是在画布上安排颜料的艺术,艺术是不需要纳税的。埃尔·格列柯与身前身后的许多艺术家一样是个精明的生意人。他在自己的工作室里保存了绘画作品的草稿,因此当赞助人来请他为祭坛作画时就可以自由选择想要的图式,无论

① 圣约翰·克里索斯托(St. John Chrysostom,347?—407):古代基督教希腊教父。善于传教和解经,长于辞令,被称为“金口约翰”。
② 圣查斯丁(St. Justin,100—165):基督教初期最著名的护教者,哲学家,殉道士。
③ 圣巴西勒(St. Basil,329—379):基督教圣人,在教会内被尊为“圣师”,他所制定的隐修规则成为东方教会隐修院的圭臬。
④ 彼特拉克(Francesco Petrarch,1304—1374):意大利诗人,学者、欧洲人文主义运动的主要代表。
⑤ 阿里奥斯托(Lodovico Ariosto,1474—1533):意大利的叙事诗和抒情诗人,代表作为长篇传奇叙事诗《疯狂的奥兰多》。
⑥ 伯尔那多·塔索(Bernardo Tasso,1493—1569):意大利文艺复兴时期诗人。

是圣方济各[①]或是抹大拉的圣马利亚,圣母升天或是基督背负十字架。那些图像都在那里,付了钱就可以挑选到想要的。每当需要时他就会重复作画。他的大部分作品都至少有两到三个版本,而沉思中的圣方济各似乎有超过二十个版本。

艺术创造的过程中有一个奇特之处,我不认为画家和作家在这一点上有什么不同。当一位作家专注于一个主题并完成写作之后,他会对这一主题感到厌倦,再也提不起任何兴趣。此时的他就如同一条蜕了皮的蛇。曾经吸引他的主题不再是他的一部分;钻研这一主题时充斥在他心中的感情也已经死去,无论怎样努力也无法再次体验。当作家必须从一个主题中提取他所能提取的一切,譬如要将小说改编成戏剧时,那种劳动是机械性的。他不能期待有任何灵感。这是运用他所掌握的知识就能完成的任务。我无法理解如果埃尔·格列柯的心中真的充满了人们在自己身上感觉得到的那种宗教情感,那么他怎么能够将同样的题材画了一遍又一遍。我认为他这样做只有一个原因:那个主题对他而言无足重轻。

官方人士用非常简单的方式来解决这个问题。他们将埃尔·格列柯的画分为佳作、庸品及劣作三类,并声称佳作是他本人所绘,庸品是他在助手的协助下完成的,而劣作则是由助手们独立绘制的。对我来说这种解释有些过于简单了。如果他从未画过一幅劣作,那他肯定是个异常出色的艺术家。奇怪的是当他最好的学生特里斯坦独立工作时,从来没有画过一幅画可以与那些可能是他老师所绘的画作中最差的一幅相媲美。埃尔·格列柯当然会让助手为他准备画布,摆好草图,大概还会让他们画底稿。但是在聘请埃

① (阿西西的)圣方济各(Saint Francis of Assisi,1181—1226):天主教方济各会及方济各女修会创始人,意大利主保圣人,规定修士恪守苦修,麻衣赤足,步行各地宣传“清贫福音”。

尔·格列柯绘制各种宗教人物的合约中,每个细节都制定得非常具体,合约谨慎周密地说明了雇主们的要求,使你无法说服自己相信:雇主们会接受那些他们不能相当确信是出自埃尔·格列柯之手的作品。的确,当出现由于死亡或其他障碍致使他无法完成某幅画作的时候,合约中会有一项插入的条款说明作品应当由他的儿子约热·曼努耶或其他指定的人完成。我认为解释必须从这个事实中去寻求:没有哪个天才的画家会像埃尔·格列柯那样经常地重复自己的作品。

现在让我们来看看他为自己所画的肖像。有一幅肖像出现在《奥尔加斯伯爵的葬礼》中,另一幅出现在埃斯科里亚尔宫的《圣莫里斯》中。无法确定这两幅画就是他的肖像,仅仅是传说如此。可是这两幅画画的显然是同一个人,传说很有可能是真实的。后来根据权威人士曼努埃尔·科西奥先生的肯定,人们才认可了这两幅画的真实性。我想我们确实可以说埃尔·格列柯也许并非如此长相,但这是他所认为的自己的样子。画中人脸型较长,脸庞瘦削机智,容光焕发;修剪过的胡须泛着略带苍白的微红的棕色;头发乌黑;前额高耸而尊贵;双眼间距较紧密,目光冷静、机警而沉思。你得到的印象就是这是个对自己外表十分讲究的人。从他的相貌中你可以看出他是个沉着、聪颖、有好奇心的人,但并不具有强烈的激情或深沉的情感。在这两幅画中都没有人们所认为的这种场合所要求的那种严肃表情。画中人似乎奇怪地持有着一种嘲讽的超然态度。你永远不会想到他是个神秘主义者,倒可能将他当作一位喜好讥讽的幽默大师。

通常,一位艺术家所画的肖像画不仅能让你了解被画者,也可以让你了解画家自身。我一直在想埃尔·格列柯画的肖像是否能为我的调查提供一些线索。如今,当你看到埃尔·格列柯肖像画的收藏时(比如在普拉多博物馆),首先打动你的就是它们的独特性。这些画有一种富于教养的优雅,庄重而得体。但若要说它们深刻就有些荒谬了。它们似乎就是以最敷衍了事的方式草草绘成的。画面色彩素净柔和,但画家根本没下功夫去生动地运用色块;人物瘦骨嶙峋的身体结构几乎不能辨认;头部没有脊背的支撑,身体也没有重量。你会产生这样的印象:这个希腊人对他所画的人毫无兴趣。被画者是与西班牙征服者及圣徒们同时代的人,他们就如同市长大人们一样缺乏个性。当你把这些肖像画与苏巴朗①画的那些如此真实,如此个性鲜明的肖像画进行比较时,前者就失去了存在的意义。埃尔·格列柯当然不止一次画出极为出色的肖像画,但这仅仅是由于被画者外貌的某些古怪之处给了他显而易见的机会。在小说中以一个具有显著特点的人为基础塑造鲜明动人的形象并非难事;而当一个人与其他人多少有些相似时,要将其塑造得栩栩如生就不容易了。任何有才华的小说家都能创造出《卡拉马佐夫兄弟》②中的父亲形象,但他需要有更全面的素质才能创造出《一颗单纯的心》③中老仆人的形象。我本该想到在肖像绘画中也是如此。绘制戴手套的男子比画宗教大法官来需要更多的洞察力和想象力。埃尔·格列柯似乎带着一种奇特的超然态度去看待他所画的人。有没有可能这个神秘主义者对人的灵魂毫无兴趣呢?尽管这些人出身无比高贵,但看上去却极其蠢笨麻木。他们也的确如此。黄金时代的西班牙历史就是一段人类所能创造出的极度无能的历史。作为一个敏锐、机智、有教养的希腊人,他很可能对这些优雅绅士们

① 苏巴朗(Francisco de Zurbarán,1598—1664):西班牙巴洛克重要画家,特别以宗教题材画驰名。

② 《卡拉马佐夫兄弟》是俄国大作家陀思妥耶夫斯基(1821—1881)的最后一部长篇小说。

③ 《一颗单纯的心》是法国现实主义作家福楼拜(1821—1880)的一个短篇小说。

的愚蠢感到不耐烦。

我在多年以前去过克里特岛，并不是想发现埃尔·格列柯的任何踪迹，而是好奇地想看看他出生的那个岛屿。从海上看去小岛呈现出凹凸不平的外观。它似乎是由连绵起伏、崎岖、荒芜、多石的丘陵所组成的。山丘的轮廓在天空的映衬下有一种质朴而且难以企及的美丽。然而当你步入岛中就会发现这些褐色、贫瘠、稀疏地覆盖着粗糙草木的丘陵被分成了若干个可爱的山谷。大片古老的橄榄树林在这里茂盛地成长，在条件更优越的地方还长有葡萄树。水曲柳和柏树沿着河岸生长，在它们的边缘有夹竹桃在盛放。然而当你离去之时，带走的记忆大多无关风光明媚的山谷和浅浅的泛着涟漪的溪流，而是关于那些孤独荒凉的褐色山丘的。当埃尔·格列柯这个希腊人看到贫瘠荒芜的卡斯蒂利亚山脉的时候，他一定觉得自己十分接近童年时代那熟悉的风景。

在杂乱、泥泞的主街以外就是堪底亚小镇了。小镇的街道狭窄曲折，镇上低矮的屋舍除了一面白墙之外无甚可观，没有铺砖石的路上全是坑坑洼洼的洞，天气干燥时积满灰尘，潮湿时就成了沼泽。你或许会觉得自己回到了十六世纪。在新建的雄伟的希腊教堂旁边是一座又小又旧的教堂。教堂很矮，晦暗不明，里面还弥漫着一股陈腐的熏香气味。祭坛背后的屏风雕刻华丽还镀了金，墙壁上挂着你很少能看到的大幅宗教画像。还有些画被安置在圣器收藏室里，其中有几幅已经很陈旧了，有一两幅依然很精美。其中若干幅画鲜明地表现出了来自国外的影响。在这些画里，拜占庭的感觉尽管没有遭到完全毁灭，却已被威尼斯艺术宁静的辉煌和优雅的庄重所覆盖。或许正是这种新风格令人激动的魅力促使年轻的画家前往威尼斯的，这一猜测并非没有道理。

没有人知道这个克里特岛人在意大利生活了多久，十年，十二年或是十五年。但那是他青年时代感觉最敏感的时光，而且我们也知道他进入了什么样的环境。那时的威尼斯已经丧失了许多政治力量，人口数量也在下降，但它仍旧是欧洲的游乐场，有钱人排场阔气地引领华丽的生活。举止放纵，鲜有顾忌。“亚得里亚海的新娘”①尽其所能地抵抗教皇对她进行品行改良和信仰净化的努力。那里的思想是自由的，知识分子具有一种优雅的怀疑精神。当时的罗马因为受到了宗教改革运动的威胁而正致力于清理内部秩序，然而并没有证据显示在上层人士中盛行的宗教狂热给个人造成许多不便。对于清教徒主义试图对他们个人行为强加的种种限制，艺术家们始终表现出敌对的态度。从对埃尔·格列柯甚微的了解中可以看出他似乎对宗教运动保持着中立的旁观者态度，因为这一运动对于外国人的他而言并无重大意义。由于他去世后举行了天主教葬礼，人们便据此推测他是个天主教徒。可当你凝视他那张冷峻沉着、带有质疑的脸庞时就不禁会想：天主教信仰对他而言，其意义是否像其他人所以为的那样重大，那些人从他的画中看到了反宗教改革热情的最激烈的表达。众所周知，腓力二世曾委托埃尔·格列柯为埃斯科里亚尔宫的一座祭坛绘制一幅圣莫里斯与其同伴的画像。画作交付之后并未得到腓力二世的欣赏，他不愿将画放置在教堂内，便把它打发进了地窖。如今，这幅画悬挂在教士聚会厅，并成为埃斯科里亚尔宫最辉煌的荣耀。在有教养的人看来，在腓力二世长期的统治生涯中没有一桩举动比这一次更令他蒙羞。我倒觉得人们这样看待他不免苛刻了。他是一位相当开明的艺术赞助人，购

① 亚得里亚海的新娘：威尼斯的别称。威尼斯人称他们的城市为亚得里亚海的新娘，并自豪地宣称她与海洋联姻，因为海洋给他们带来了财富。由于地处东西贸易重要的十字路口，威尼斯拥有强大的海洋优势。

买了提香的画作，并邀请保罗・委罗内塞①来西班牙装饰他挥霍巨资修建的宏伟宫殿。他非常虔诚地信奉宗教，赞同那个时代普遍的（而且也并非不合理的）看法，认为绘制的圣徒像不能使人失去膜拜的渴望，不仅如此还要能激发出信徒的忠诚与热爱，“因为绘画的主要效果和目的必须如此”。埃尔・格列柯的画非常生动，色彩十分鲜明独特，令旁边的画作都黯然失色。但腓力知道这并不是一幅宗教画作。据我猜测《圣莫里斯》这幅画中的三个主要人物穿的应该是皮革的短上衣，但就实际效果看来他们却是裸体的。他们的肌肉就像是在画室里画出的，甚至连肚脐都露了出来。天使在云朵旁飞行或是悠闲地在云上小憩，他们演奏着乐器，吟唱着歌曲，就仿佛在参加贵族们为皇家客人所准备的一次娱乐表演。画面背景中的人物——底比斯的军团——看上去就像脱去了衣服准备参加奥林匹克运动会，而不是要通过殉难来证明他们的信仰。如果腓力对埃尔・格列柯如此轻率地处理这一场景感到震惊的话，那也并不奇怪。画中各色人物的姿势在优雅的表现力方面取得了成功，埃尔・格列柯还从未如此明显地为了表现美而不是重要性去描绘人物的姿态。这是一幅令人愉悦的图画，但它不会激发宗教的虔诚感。

我不由得问自己：既然埃尔・格列柯只要乐意就可以将画画得非常美丽，那他为什么，除了故意表现扭曲变形外，还经常潦草作画？他为什么要将圣母的眼睛画在脸部一半的位置，要么就把它画得从头部凸了出来，就好像这可怜的人儿得了眼球突出症似的？他为什么要让所画的圣徒看上去像是在雷雨中快被吓死的鸭子？普拉多博物馆所藏的《基督被钉死在十字架上》一画中的圣母形象怪

① 保罗・委罗内塞（Paul Veronese，1528—1588）：威尼斯画派的现实主义大师，提香的学生。

异恐怖。那张脸庞要是出现在戈雅①的某张淫逸放纵的画中就不会显得不和谐了。(但那颜色多么可爱：圣约翰所穿的绿色外衣，钉在十字架上的躯体的优美色调，如此娇嫩轻柔；还有那暴风雨的天空，色彩是那么浓烈！)我不禁问自己，当埃尔·格列柯画宗教画的时候，会不会偶尔放弃那种讽刺幽默感呢？我们知道他画了大量的圣方济各会②修道士的画像，在画中那些单个的人物形象中除了传统的虔诚投入之外你很难看出更多的内涵。普拉多博物馆的《圣安东尼》画得极为草率，甚至看不出有什么意义。这位圣徒的一只手上优雅地握着一枝圣母百合，而另一只手则托着一本厚重的打开的书，在漆黑的夜里他似乎就在研究着书上的一个小小的棕色物体。画面的背景是暴风雨的天空，埃尔·格列柯以令人惊异的顽固多次使用这一背景。我认为普拉多博物馆的《基督复活》很美丽，画中凌空翱翔的纤瘦人物画得十分动人；我觉得他其余的画作也很令人激动，画中人物以相当富于表现力的方式高举着他们的手臂；但在这些画中我并未觉察到任何深刻的宗教情感。在《基督受洗》中，我同样未能看出这种情感。那是一幅可爱的画作，颜色有一种醉人的美丽，救世主耶稣和施洗者的躯体被拉长了，身上除了缠腰布之外一丝不挂，有一种十分精致微妙的优雅。但我既没有感觉到信仰的炽热激情也没有感受到忘我的心醉神迷。在基督背负十字架的那张精美的画中，你会惊惶地看到救世主耶稣优雅地紧抱着十字架。埃尔·格列柯的兴趣的确是集中在表现人物的双手上。人

① 戈雅(Francisco de Coya,1746—1828)：西班牙浪漫主义画派画家。画风奇异多变。
② 圣方济各会：天主教托钵修会之一，一译法兰西斯派，因其会士着灰色会服，故又称灰衣修士。1209 年意大利阿西西城富家子弟方济各得教皇英诺森三世的批准成立该会，1223 年教皇洪诺留三世批准其会规。方济各会提倡过清贫生活，衣麻跣足，托钵行乞，会士间互称“小兄弟”。他们效忠教皇，反对异端，中世纪时曾为替教皇出售赎罪券而到处游方。

物眼睛的瞳孔下面露出了大量的眼白——这是克里特岛人表达宗教情感的简单方式，而耶稣的那张脸就是一张喜剧演员的脸，这或许是以欧内斯特·塞西格①为模特画的。耶稣的右手放在十字架上，第三和第四根手指并在一起，这是画家为了摆脱五根单独指头产生的笨拙感而惯用的技巧。左手的第三第四根手指仍并在一起，小指微微弯曲，就好像风月女子为了显示她们的优雅而在喝香槟酒时将小指弯曲起来一样。

在埃斯科里亚尔宫教士聚会厅的那幅《圣莫里斯》不远的地方挂着一幅以另一种非常不同的方式来描绘宗教情感的画。那是由凡·德·维登②所画的《将基督从十字架上放下》。画中的情感真挚自然。人物表情真实。画家对他所画的事物有所感觉，并且表达了他的感受。画家感动了观者，因为他首先感动了他自己。画面表现的是一个可怕的时刻，在那些人物的颓丧消沉中流露出一种绝望感，会令人觉得这是世界历史上最恐怖的一刻。那些人深受悲痛的磨折，但却严肃地克制着情感；圣母马利亚昏厥了过去，画面中还有另一个女人，我猜想应该是抹大拉的圣马利亚。她那笨拙而虚弱的姿势给人一种身处绝望的悲惨印象。所有这些人都感觉到了他们所应感觉到的情感，都表现出了他们所应做出的举动。这是一幅美丽的画，也是一幕骇人的场景，它会使粗野残酷的人意识到所表现的这一事件的恐怖。画面的真情实感震撼人心。在看了这幅画之后，你就不会再相信埃尔·格列柯的宗教感了。

我并不怀疑埃尔·格列柯是有史以来最伟大的画家之一。我认为《奥尔加斯伯爵的葬礼》是世界上最了不起的画作之一。它有

---

① 欧内斯特·塞西格(Ernest Thesiger，1879—1961)：英国戏剧及电影演员。
② 凡·德·维登(Van der Weyden，1400—1464)：佛兰德斯画家。

一种惊人的气势、清新和活力,令人迷醉。埃尔·格列柯是描绘姿势的大师。你永远也不会想到一条张开的臂膀、一只举起的手、一只踮起的脚或是一条伸长的腿会体现出如此神奇的高贵。尽管可以描绘的姿势有限,但他对表现美确实有着惊人的感觉。将他的大量作品放在一起所产生的整体感觉是惊心动魄的,就像你在普拉多博物馆的展室中看到的那样。打动你的不仅是那种高贵素净却不寒冷的颜色,还有除了题材、形式、结构之外,画作中的本身所有的某种东西。那是某种令人不安的、险恶的、谜一般的东西。我只能猜想那是画家的性格。这就仿佛在群山中窥测幽深的湖水。你会模模糊糊地感觉到害怕。你会寻思着湖底是否有什么东西,一个知道了会有所裨益的秘密,抑或那片湖就是一个没有意义的深渊。深度本身并不比宽度更重要,一片湖水或许看起来无底,但那只不过是因为泥泞。倘若你一头栽下去,就会轻易地撞裂颅骨。我知道在文学中,朦胧晦涩常会被误作渊博。然而在这里,时间玩了一个奇特的把戏。它驱散晦涩,就像一阵微风吹散烟雾一样,然后显露出的并非我们所期待的伟大真理,而是经过虚饰的细枝末节。时间就是这样使马拉美①的大部分诗歌变得十分清晰,我们会明白所有隐瞒普通人的那些谜一般的比喻不过是当时平常的诗歌语言,并没有什么深奥之处。依然能使我们愉悦的不过是一些清澄优美的词句。

当你从挂着埃尔·格列柯画作的房间走到隔壁挂着委拉斯开兹画作的房间时会产生一种奇妙的感觉,这就如同走进了平常天气的温暖日光中。你肯定会觉得委拉斯开兹有些肤浅,但他的肤浅是建立在高贵宏大的层次上的。他的性情平和开朗,他的画有一种令人愉悦的轻松欢快。他所拥有的那种明媚单纯是安达卢西亚人最

① 马拉美(Stéphane Mallarmé,1842—1898):法国象征主义诗人和散文家。

珍惜的也是最有代表性的一种优雅。他从不在肖像画中暗示对被画者的批评,而是根据他们外表的价值将其描绘下来。委拉斯开兹是最伟大的宫廷画家,他的魅力与一种温和的无情结合在一起。他以消遣娱乐的方式描绘侏儒和白痴,或许莎士比亚也会这样去刻画这些人物。可对于这些人畸形的惨状和命运的悲哀他却并无感觉。欢快的性情使他能够以一种善意的幽默看待这些令人作呕的残缺畸形者,他明白万能的上帝将他们创造出来就是为了作王子们的玩偶。我想没有人能否定他在绘画领域的神奇技艺:他画中的黑颜料泛着银色的光泽,画面朴素的色调中蕴含着丰富的层次。他能够将一位小公主的裙子画得令人动容。尽管有人倾慕他的才华,却不免产生轻微的不安,并会问自己是否值得努力去获得这种高超的技艺。这让人联想到一个持有最动人的庄重口吻,谈论的却是鸡毛蒜皮琐事的作家。可是,这些人物形象是多么巧妙地被安排在画布上从而产生了悦目的图案呵!在腓力四世携枪的全身像以及作品兄弟红衣主教-亲王的肖像中,纯粹的表现法似乎达到了臻善之美。你无法言语,只能站在那里目瞪口呆地凝视。

当你回到陈列埃尔·格列柯画作的房间,就进入了一个困惑骚乱的世界。这里涌动着一股狂野的艺术激情,似乎在为符号所无法清楚传达的感情寻求表达。那是一种模糊的令人苦恼的感受,似乎在压抑着他,我想,这就好像那种有时对我们所有人来说都不可避免的忧虑,来得毫无缘由。你不知道那是由于身体的不适抑或精神的困扰。这些画并非出自一个性情平和开朗的人之手,而是由一个情绪无常、被奇思怪想的渴望所纠缠的人绘制的。那是一个痛苦地在努力寻求某种表达的人,他在灵魂的深处探索着这种表达,就仿佛那是个盘旋在意识之外的记忆,他因为无法回想起那个记忆而被激怒。但如果要说他是个神秘主义者的话,他的神秘主义无疑是在宗教以外的其他领域中寻求的。帕切科曾在埃尔·格列柯的晚年见到过他，据他说埃尔·格列柯是个伟大的哲学家，言谈诙谐机智，自我，深邃，对一切事物都有独到见解。我们知道他奢侈而浪费，的确，他死的时候已经破产了。他为自己所绘的画像暗示了他的怀疑主义和讽刺态度。一个敏感的人可以看出埃尔·格列柯非常孤独。甚至在罗马的时候他就已经相当自负，后来更是不可一世地傲慢自大。在关于《奥尔加斯伯爵的葬礼》一画的酬劳所展开的诉讼中，他以如下的话语结束了答辩："我所获得的报酬确实比不上我崇高画作的价值，但我的名字将彪炳千秋，这是对我工作的回报，并将给予我作为西班牙最伟大的绘画天才之一的荣耀。"埃尔·格列柯是地中海东部岛屿的人，那里的人动辄用豪言壮语表达自我。凡是到过亚历山大港或贝鲁特的作家都会遇到某个年轻作者的拜访，他会用难听却流利的法语告诉这位游客自己写了一部小说，比巴尔扎克、阿纳托尔·法朗士或左拉写的任何作品都强很多。他的言辞夸夸其谈，但内心里可能隐藏着一种真实并且常常是动人的虚心态度。然而谦卑是宗教神秘主义盛行的土地上的特质，倘若说埃尔·格列柯具有这一品质那就很荒谬了。我听过一个故事，如果是真的话就可以说明他有点像个演员，对于夸大欺诈的艺术并不陌生。故事是这样的：他的学生特里斯坦以协定好的价格为西斯拉修道院的修道士们画了一幅画，当画完成之后，修道士们（毫无疑问是公道的）认为画并没有那么高的价值，想要少付些钱。这件事交予了埃尔·格列柯仲裁。他打量了一下那幅画，然后情绪激动地用棍子打起特里斯坦来。修道士们急忙劝解道："特里斯坦还年轻呢，"他们说，"他不知道自己在漫天要价。""漫天要价？"埃尔·格列柯大声喝道，"这是幅庄严而美丽的作品，我打他是因为这是幅价值五百个达卡金币的画，而他居然敢只要两百个达卡金币，你们要是不立即付钱的话，我就要买下它了。”修道士们只好付了钱。

想想这一切，你会得到这样的印象：我们通常认为地中海东部岛屿的人所具有的典型特征，埃尔·格列柯大部分都具备。倘若你将这些信息巧妙地综合起来就不难建构出一幅可信的连贯画面。形形色色的细节就像一片片智力拼图拼接在一起。而缺陷在于我们以这种方式所拼凑出的人物形象无法解释他所创作的画。我们必须进一步寻求答案。

不久以前，我偶然听到一种意见，出于猥亵的想法，说埃尔·格列柯是同性恋。我以为这种说法值得考虑。如今，当我衡量一位艺术家的作品时，通常对了解他的性生活并无多少兴趣。事实上，人们一般过分强调了艺术家的性生活。有一种观念认为在任何领域与众不同的人，在这方面也一定与其他人相异。研究者一旦发现这些人有什么风流韵事，就往往觉得这一事实不同寻常地重要。雪莱和拜伦的私奔事件引发了天翻地覆的骚乱，我不得不怀疑他们与所属阶级的其他年轻人是否真有什么不同。然而，一旦涉及变态畸形的人，情况就有所不同了。我已经提到过天赋在于一种独特地看待世界的方式与自然的创造才能的结合，天才具有更伟大的才华和一种与世间万物的通感。现在不可否认的是比起普通人，同性恋者观察世界的视野更狭隘。他不具有某些人类自然的反应。某些至少算是人类广泛而典型的情感，他却从未体验过。无论他多么敏锐地观察生活，也无法看到生活的全部。如果不是因为有令人困惑的《十四行诗》①我就会说同性恋者永远不可能达到天才的至高巅峰。现在我忍不住问自己，我在埃尔·格列柯画中看到的扭曲的幻想和

① 1609年莎士比亚发表了他的十四行诗，其中很多是写给一个神秘的女人“黑女士”(Dark Lady)和一个男人“英俊勋爵”(Fair Lord)的，因此有人相信莎士比亚可能是一位同性恋者。

阴险的异常是不是源于他在性取向方面的反常。我急忙要补充一点：与我所说的关于他的其他事情一样，这也可能仅仅是猜测。除了他的画、胡里奥·克罗维奥的信、某些法律文件、他的死亡证明以及财产清单之外，再没有任何直接关于他的材料了。任何从这些已知材料之外得出的推测，不管人们多么自信地陈述，都不过是貌似真实而已。

当你调查了种种可能性之后，就不得不承认有关同性恋的猜测并非空穴来风。埃尔·格列柯在那些他无法对这一癖好产生本能厌恶的地方度过了他的童年和青年。我应该指出的是同性恋者的一个特征在于他们对正常人重视的某些事情缺乏深刻的严肃态度。他会以愚蠢的轻率行为或是讥讽的幽默态度去对待这些事情。他固执地看重大多数人觉得微不足道的事情，而另一方面，他却又玩世不恭地对待在普通人看来对精神幸福至关重要的问题。他对于美有着强烈的感知力，却易于看到特别是存在于装饰中的美。他崇尚奢华，觉得优雅有一种独特的价值。他感情丰富，却酷爱奇思怪想。他虚荣，多话，诙谐，做作。他洞察力尖锐，感觉机敏，能够看穿事物的奥妙，然而由于天生轻浮，他从这些奥妙中获得的并非无价珍宝而是华而不实的装饰品。他的创造力微弱，但在令人愉悦的装饰方面却有着奇妙的天赋。他拥有活力与才华，却缺乏力量。他孤单一人、愤世嫉俗地站在岸上，凝视生命的河水流逝而去。他坚信看法主张不过是褊狭之见。简而言之，他有很多令我们感到惊讶的特征。或许在这方面的异常可以解释他的画为何无法达到终极的伟大。他的画使人震撼，但不能给人以宁静。它们令人兴奋，却无法让人满足。我们知道无论埃尔·格列柯拥有怎样的想象力，他并没有将其运用于绘画的布局。学者们将他一些画作中的图案追溯到拜占庭风格的宗教肖像，他们或许认为埃尔·格列柯在年轻的时候对此应该很熟悉。另一些人则认为他是受了在意大利看到的绘画作品的影响。奇怪的是，在他精力最充沛，想象力通常最丰富的成年时期，他竟然满足于经常从木刻画、雕版画和蚀刻画中获取图案的设计，这些手工艺品在当时的意大利是流行的商品。然而当他必须自己进行创造时，就逊色许多了。《奥尔加斯伯爵的葬礼》就显示了拜占庭风格对他的启发。在意大利，有好几位艺术家都能够以更令人满意的方案来安排这幅画的构图。在这幅画中，一排脑袋将画面切分成了两部分，仅仅是依靠奇迹般的着色才使得整幅画不至于令人惊恐不安。而当埃尔·格列柯必须要表现圣莫里斯殉教的场景时，他却回避了，而是画了一群仿佛正在讨论校园运动会障碍赛跑的年轻人。在托莱多，有一幅圣伯纳迪诺的画像。画中的人脑袋很小，留着高雅的尖角状的小胡子，阴郁的天空映衬着他无限拉长的躯体，这是一幅相当迷人的作品，但它的迷人与复杂花叶形装饰的院子里螺旋柱子的迷人同出一辙。这是一幅适合在一位高贵女子的祈祷室里作装饰的美好图画。但它非常轻浮，很难激发虔诚的情感。我想没有任何一个宗教画画家会像埃尔·格列柯那样草率马虎地表达感情。即便说他根本没有这种宗教情感也不奇怪。

不久以前，在承认一个先前的错误的同时，我分别从创造性的角度和所传达的信息的角度对艺术家的作品加以了区别，但外行关注的往往是后者。我认为很多批评不能像理想中的那样给人以启发就是因为评论家们常常不能将两者清楚地区分开。他们不知不觉地将两者混淆了，但其实这两者之间并无必要的联系。艺术家没有理由要求别人从他自己意愿的角度来评价他。他的意愿对于其本人以及乐于研究他个性的人而言是重要的，但对观赏者而言就无足轻重了。艺术家创作是受到其内在本能的驱使，这种本能推动他去表达自己的个性。他并非刻意为之，而是不可避免地会这么做。

他也很可能对自己的个性没有太大兴趣。(我指的并非忙于以一技之长糊口的学徒期满的技工,或是出于习惯而继续这样做的精疲力竭的工匠。)艺术家情不自禁地创造,就像水不由自主地要从山上流淌下来一样。这是他灵魂上负担的一次释放,这是无比愉悦的一次精神修行,伴随这一过程还会产生一种令人快乐的力量感。当作品完成的时候,他会体验到一种天堂般的解放的感觉。在那美好动人的一刻,他沉浸于平衡宁静的状态中。画家所画的与作家所写的都是自己的一种体验,当提倡“为艺术而艺术”的理论家们声称艺术品中并无道德价值时,他们是正确的。这种体验以及这一体验的表达,无论对于感受到它的人来说有多么重要,都无需对其他人产生任何价值。它完全依赖艺术家将内心世界外化的冲动。

我想埃尔·格列柯以两种方式来寻求释放。其一是装饰。在我看来,他对他的绘画主题异乎寻常地冷漠。他被给予这些主题,然后就像所有的艺术家一样,在所处的时代环境的限制中表现出自己的意图。这就是为什么他能一遍又一遍地画同样的画。那些圣徒,方济各或安东尼,对他的意义就如同抽象图案对早期立体主义画家的意义差不多。这些圣徒只不过是他装饰性创作的借口。这就使他对手的兴趣比对头部的兴趣要大得多。手部可以摆出各种头部不能摆出的有趣造型。没有人把手画得比他更精妙。可在很多幅画中,手部放置的姿态却有一种造作的优雅。考虑到画面所表现的情节,你会对这种不得体的表现方法感到震惊。埃尔·格列柯愿意为了姿态的美丽而牺牲手势的真实。简而言之,他的绘画方式是巴洛克的。

现在我将简短地论述一下巴洛克风格,希望读者可以谅解。我这样做不仅因为我觉得这个话题本身是有趣的,还因为我似乎认识到那种艺术形式以及它产生的环境与今天的艺术以及我们现在生活的环境之间是一致的。我想每个人都会同意宏伟和运动感是巴洛克风格的核心。它运用装饰,不是为了完成一幅构图,而是为了装饰本身。巴洛克风格的一个奇妙的发现就是运动是具有装饰性的。由于建筑壮观的特性,学者们特别选择在这种艺术形式中展开对巴洛克风格的研究。这使得对这一风格显著特点的发现变得有点困难了。在一座建筑中,装饰性的元素不会那么明显,因为它是建筑师是为了特定的用途设计出的,用途限制了他的设计。可是当你更近距离地去观察,就必然发现这些伟大的艺术家们是多么地注重装饰性的元素。文艺复兴时期的建筑师们满足于将各自独立存在的部分组成和谐的布局,但巴洛克的建筑师们则旨在统一。而效果的统一正是装饰的第一要求。当我们听说巴洛克建筑师们试图表现运动时,我们犹豫了,并且倾向于认为他们追求的是与其艺术精神相异的东西,因此肯定是不好的。他们运用光与影玩的把戏似乎是一种欺骗眼睛接受与自然相悖的事物的手段。稍过片刻之后人们才意识到宏伟不过是无限的运动曲线中的一个瞬间。在这里我并不想指出他们对这些手段的各种随心所欲的运用以及帮助他们达成目标的有效成果。但是巴洛克风格的支配力绝非仅局限于建筑领域,它同样影响了画家和雕塑家,还有作家,我想音乐家应该也不例外。事实上我猜测正是巴洛克风格使他们的艺术有机会达到贝多芬与瓦格纳才能企及的高度。但是对于音乐我一无所知。我去剑桥请教一位权威人士这一猜测是否有合理之处,但他并没有告诉我,或许是认为此事与我无关吧。

巴洛克风格经常被认为是反宗教改革特有的表达方式。但它似乎不像是由该运动所创造的。反宗教改革者修建了新教堂并重建了旧教堂。为这些教堂工作的艺术家是巴洛克风格的艺术家。他们情绪化,激烈而且做作,就如同那个时期的宗教一样,但他们的风格倒未必是由于宗教原因造成的。天主教是雄辩夸张的，为了回应文艺复兴时期异教徒的怀疑态度和挑战路德教会的蓬勃势头，它夸大了虔诚的表现形式。这与艺术家们现在所运用的新风格十分契合。他们被要求表达的激烈放纵的情感使他们有机会为了纯粹的装饰目的而采用运动，而且他们只能通过宏伟来表现运动。我本应提到反宗教改革不是被恐惧所支配的，而是与一种在人们心中的感受相吻合，正是这种感受引起了巴洛克风格的普遍流行。

这种对于装饰的专注投入在我看来是风格的本质，有趣的是它为何会恰巧在这个时候被人所感知。一些作家将之归结为对前一阶段的正常反应。文艺复兴结束了，人们对那个时期产生的作品已经感到了疲倦。那是非常自然的，因为人渴望变化，即使对完美也会生厌。美是一个句号，当你抵达它之后除了另起一句之外别无选择。古迹发掘所引发的灵感业已枯竭。然而对一种风格的厌倦并不能导致另一种风格的产生。新的风格诞生于一种新的精神状态。

文艺复兴培育了规则和宁静。它崇尚黄金分割，它的力量是平静的。艺术不仅在人们的生活中占据了重要的地位，而且艺术家也觉得自己与他们生活是和谐一致的。他们既是艺术家又是国家的子民。罪恶是原罪，个人不会觉得自己应该对此负责。人是自由的，即便在现实中并非总是如此，在想象中却可以无拘无束。自由是他最为珍惜的理念。

然而，想要再次思考铭刻在希腊罗马文学作品中的思想，再过一次作品中所记载生活的企图失败了。自由消亡了。意大利一半的国土沦入西班牙的手中，剩下的被一些势单力薄的君主所掌控。宗教裁判所被西班牙的国王们作为国家统治的工具而加以扶植，并在意大利获得了新的权力。流浪汉小说中提及的到处发生的事件显示了宗教裁判所引起的恐怖。天主教的信仰通过武力的方式得到了恢复。教会声称要控制人类包括哲学、科学和艺术在内的所有活动。一种古怪的不安压抑了人的精神。在长期与智力的竞争中，它似乎已经变得精疲力竭了。即便是信仰者也心神不宁，他们以大量的激昂的言辞来消除自己的踌躇。他们不容异己，是因为他们害怕。人类丧失了不可剥夺的自我实现的权力，而且似乎永远失去了自由。

自由是人类最伟大的财富。当你剥夺艺术家的自由的时候就是在逼迫他倒退。当他不再能够处理在太平盛世占据人类灵魂的生命重大题材时，他那仍然需要表达的创造本能只能转向装饰艺术。当人们处境凄惨之时，他们会窥视自己的内心，一种难以道明的本能会引导他们将悲哀的遭遇归结为自身的缺陷。他们的精神投向了另一个世界，在来生为自己苦恼的灵魂寻求慰藉。罪恶不再是原罪，它是个人的罪过，有罪之人必须承受严厉的惩罚。含义模糊的装饰艺术可以很好地表达对超脱尘世的渴望、朦胧的恐惧以及困扰人灵魂的内疚感，那些人无法拥有自由人健康积极的活动。本质上客观的文艺复兴运动，模仿自然并将其理想化。但巴洛克却把自然当成了表现它自己病态情感的工具。巴洛克是主观的。主观艺术最直接的表达就是装饰。花点时间想想那时的作家们对于自己所处的环境做出了怎样的反应是值得的。他们避开了实质，而忙于形式。他们追求华丽精巧的构思，无论多么轻浮，并以最能引起惊异的方式来表现它们。他们崇尚浮夸的修辞、双关的字眼、华美的辞藻、晦涩的古体以及诸如此类的把戏。他们想要显示聪明而不是要发掘自己的心灵。所有的艺术家身上都有些孩子的特质。他们喜欢玩耍，如果缺乏庄重崇高的信念的话，就会将才华浪费在华而不实的精神游戏上。他们不会在没有酵母的情况下尝试去做面包；只有有了酵母，他们才会去做面包。米开朗琪罗在自己身上重新唤醒了那个时代的不安与不满，并试图以壮阔和热烈去表达痛苦内心的激情，因而成为了平面艺术的巴洛克之父。他的同辈与后继者都感觉到了其创造的重要性。他们很快意识到宏伟和运动感的巨大装饰价值，开始逐渐获得信心，将其作为绘画的原则。然而由于他们缺乏米开朗琪罗的精神力量，他们的作品很少达到他的那种完全诚挚的效果。装饰艺术原本庄重而真诚，因为它与艺术家性情中深邃的本能是一致的，但随着时间的改变，它也沦落成了洛可可风格轻浮的点缀。

现在让我们回到埃尔·格列柯。在我看来，他的性情与在威尼斯颇为流行，而在罗马达到巅峰的巴洛克风气十分契合。因此他成了最杰出的巴洛克画家。看了他的完整系列的画作之后，我似乎发现他的“为装饰而装饰”的兴趣愈发浓烈。与他同时代的人认为他以一种越来越奇异的方式作画是因为他疯了。我不相信这种说法。近来，还有人认为他患有散光的毛病，并且说倘若你戴上合适的眼镜就会发现他笔下旋转的人物呈现出正常的比例。我也不相信。我要提醒读者的是他可能在丁托列托的许多画中也会看到那些无限拉长的躯体。在我看来这似乎是将人的形体作为装饰来表现的自然发展结果。因为埃尔·格列柯目标在此而非其他，他就变得越来越不在乎真实了。我想这也可以解释他画的圣母为何会是斗鸡眼了。如果画家把宏伟的躯体处理成一个表达个体，那么面部就变得无关紧要了。难怪现代人会如此重视和喜爱埃尔·格列柯了。倘若他今天还活着的话，我可以想象他会把画画得像布拉克①、毕

① 布拉克（Georges Bracque，1882—1963）：法国画家，立体主义代表。

加索和费尔南·莱热①晚期的作品那般抽象。现代人对形式设计的兴趣可能与十六世纪巴洛克艺术产生的原因相同。如今的我们在精神上同样焦躁不安。我们畏惧庄严崇高,而在形式的种种搭配中寻求逃避。

当今世界就像反宗教改革时的世界一样,阴沉而戒备。维多利亚时代的人关注的重大问题似乎为他们的精神开辟了无边的视野,但却欺骗了我们。我们嘲笑那些絮叨着真善美的人。我们惧怕伟大。我们也失去了自由这个无价的福音。自由,无论在世界的任何地方,都奄奄一息或已经死亡。就像耶稣会的新教徒丧失了个性是为了要在教会中重新找到它一样,我们为了在国家政体中重新找回个性而被要求将之放弃。没人敢于应付重大的题材,将主题看得无关紧要的旁门左道变成了正统。只有漂亮、机巧和有趣的事物才受到推崇。艺术家们还没有学会如何处理对我们的世界真正重要的题材,就受到驱使,致力于装饰艺术了。他们把技巧的设计作为努力的终点和目的。他们摆脱了传统的桎梏,但运用自由的方式就如同希波克里代斯②倒立着在空中踢腿一样。现代评论家指责作家总是写他们自己,这样的批评是错误的。当艺术不过是枝节问题的时候,他们没有别的可写。

在埃尔·格列柯的画中有他设计的奇异图案,有他的优美和与

① 费尔南·莱热(Fernand Leger,1881—1955):法国机械派美术创始人,早期受立体画派的影响,其后开始创作近似抽象主义的绘画作品。

② 据古希腊著名历史学家希罗多德在《历史》中记载,古希腊僭主克里斯提尼为了自己的女儿向全希腊征婚,想找一个德行、气质、教养、体格都是全希腊第一流的乘龙快婿。应征者从伯罗奔尼撒、阿卡迪亚甚至意大利等地纷纷赶来。在经过一段时间的观察与比较后,来自雅典的希波克里代斯风采出众,越来越让克里斯提尼觉得满意,于是他举办了一次宴饮,准备在宴饮结束后公布他的决定。希波克里代斯也许什么都好,但却栽倒在美酒面前,酒后乱性的他让人搬来桌子,在上面大跳起一些下流的舞蹈。克里斯提尼实在看不下去高声说道:“希波克里代斯,你跳得好啊,连你的婚事也跳没了!”但希波克里代斯讲了句后来成为古希腊谚语的名句:“希波克里代斯根本不在乎!”

众不同，有他描绘的优雅姿态，还有他那戏剧性的激烈强度。这种激烈很少会沦为做作夸张的风格，依我之见，他是用这种激烈来满足自己性格中讥讽、嘲弄、奢华和邪恶的一面。当然，他的画中还有更多的内容。当你同时看了一个画家的许多幅作品之后会发现其中有某种千篇一律的东西。一个艺术家只能向你展现他自己，不幸的是他总是和自己非常相似。关于埃尔·格列柯的最令人吃惊的一点在于他充满了活力，即便在最不可能的情况下也能给人多样化的印象。比如现在叫做“格列柯之家”的地方收藏的使徒画像就是一例。这些画像画在相同尺寸的画布上，不同的人物并没有被恰当地赋予个性。但是画家作画时有种气势，从而使画面人物生机勃勃各不相同。在这些人物身上你可以感受到它们的创造者那种倔强的癖性。他拥有出色的才华，不管别人怎么想，他都在运用才华的过程中获得了绝妙的满足。然后就是他的色彩。埃尔·格列柯通过两种方法努力将精神从其负担中解脱出来，我认为色彩就是第二种。而且正是色彩的运用使他成为如此杰出的艺术家。一个画家是拿着画笔思考的，而能转化为文字的那些思想内容则大部分都是陈词滥调。艺术家们对于其他人来说常常是难以理解的，这是因为他们用属于自己的一种语言来表达最深邃的感受。我想埃尔·格列柯是将他那奇特，或许是令人费解的个性中最真诚的情感投入到了涂抹在画布上的色彩之中。不管他是如何学会色彩的，他赋予了它自己特有的热情和意义。色彩，就是他完整而独特的体验。到目前为止，那些把他看作是神秘主义者的人都并没有错，尽管我不得不认为把他当成宗教神秘主义者是肤浅的。如果说神秘是一种让人意识到智力所未知的深奥真理的状态，它能像“遗忘梦境的闪现”一样揭示出生命中更伟大的意义以及与更宽广的现实之间的联系，那么我想你在埃尔·格列柯的绘画中不可能找不到这种神秘。

在卢浮宫的《耶稣被钉死在十字架上》中我似乎看到了一个沉迷于画基督躯体右侧的伟大的神秘主义者,正如我在圣特雷萨修女的经历中也看到了一个伟大的神秘主义者一样。

十

十六世纪,每一个经由不同途径游览西班牙风景的人都会时常隐约看见一种神秘的东西,那种神秘的东西似乎刚好存在于很多激情澎湃的人意识阈限的下方,你会认为这些人完全陷入了世界的混乱之中。在西班牙,你几乎不可能很长时间看不见山。山脉就在你的眼前绵延,干旱,荒凉,贫瘠;它们在遥远的地平线上呈现着青绿色,似乎在召唤着你进入一个新的神奇世界。白雪皑皑的内华达山脉偏远而令人畏惧,但每当黎明或落日时分,它就会闪耀着光芒,带着一种远离尘嚣的五彩斑斓的美。那种神秘感,从不太遥远,它并不触目但始终不会消失。它具有奇特的、难以抗拒的吸引力,似乎出没于那使灿烂的风景黯淡的阴影之中。它就如同一段忧愁、悲伤而又美好的主旋律,贯穿于一曲华丽的交响乐中,令人不安但又不能不专心倾听。

我脑海中的观念不允许我忽略神秘主义这个侧面,因为它似乎是我所研究的生活中十分特有的一面,但我意识到我必须谨慎行事。人们说要理解神秘主义你自己必须是个神秘主义者,就好像要理解爱情就必须是个情人一样。天主教的神秘主义要求对某些主张具有一种信仰,而我们中的大多数人会觉得这是难以接受的。在这里我并不想谈论我自己关于宗教的那些事情具有什么样的信仰,然而应当声明我的主张:人类所信奉的宗教信仰中没有哪一种博大到足以解释巨大的神秘。在我看来这些信仰就好像是原始丛林中的死胡同,一个人要是以为它们会引领他通向心灵的圣地,那就是在欺骗自己。

我认为当神秘主义者把神秘主义的本质看成是宗教的时候，他是错误的。我不认为宗教的神秘主义是神秘主义唯一的形式；甚至不愿承认它是神秘主义的最高形式。如果说神秘主义的体验是一种从社会（用更贴切的词语来表达就是"现实"）中解放出来的感觉——要是你愿意的话，可以把这种经验称之为"神"或"上帝"——那么在某些时候我们都是不同程度上的神秘主义者。难道柏罗丁①不是曾说过精神的直觉是一种尽管很少人使用，但所有的人都拥有的能力么？神秘主义葡萄树的树液也许沿着不止一条途径流淌。神秘主义的体验是意识到宇宙间存在着一种更加伟大的意义，"它不同于已知的也超越了未知的"，它使个人融解到一个更广阔的自我之中。伴随这一体验的是一股强劲的生命力，一种力量的感受，一种与上帝或自然融为一体的知觉，以及一种感到最深奥的真理都在自我掌握之中的奇特而令人兴奋的感觉。那是一种心醉神迷的忘我境界。不过如果你想要就可以获得这种体验，从一杯冰啤酒中，从对难以忘怀的场景的观看中，从鸦片中，从爱情中，从祷告、禁食和苦修中，倘若你是个艺术家的话还可以在创造的激动中获取这种体验。

通过一个事物的起源来判断它的价值是一种自然的、尽管不合理的本能。人们难以接受这样的事实，那就是，一个疲惫的人喝下一杯啤酒之后产生的飘飘欲仙的感受，竟然与一个小修道院中的修道士在漫长的守夜和急切的祈祷后所获得的神圣喜悦具有同等的价值。但狂喜的感受是相同的，而它的价值就在于它的结果。所有的神秘主义者都同意这一点。圣特雷萨修女害怕自己的体验是魔

① 柏罗丁（Plotinus，205？—270？）：古罗马时期希腊的唯心主义哲学家，新柏拉图主义的最重要代表。

鬼在作怪，于是便声明这些体验所产生的效果是唯一的检验方式。只有当神秘主义的体验加强了人的意志并驱使享受到这一体验的人去从事伟大的事业，它才是可贵的。

我从第一手材料了解到的西班牙神秘主义者们的作品（必须承认我的了解并不全面），并非（如果我可以这么说的话）生动的读物。西班牙的作家们从未培养出简洁的质朴优点，当他们处理宗教题材时也不觉得有必要控制冗长的叙述。他们写作，不是为了娱悦读者，而是为了上帝的荣光。或许他们会自然地以为通过长篇累牍的论述可以更加崇高地实现这一目标。神秘主义者们蒙受的另一个不利条件在于他们要讲述的内容都大同小异。独特的经历对于他们每一个人来说都异常重要，事实也的确如此，但神秘主义者彼此之间却缺乏足够大的差异，因此耐心地细读每个人的叙述并不容易。有一次，我意外地找到了圣特雷萨完整的作品集，当时并没有什么其他想读的东西，于是除了一两部在我看来过分煽情的作品外我将它们全部读完了。尽管我确实没能从这些著作中获得精神上的启迪，但它们带给了我很多乐趣。评论家们认为圣特雷萨是一个粗心的作家，但她总是能够将一种逼真的声音带入写作当中，我们都试图做到这一点，但大多数情况下均以失败告终。她写的一切文字都能够展现出她自己活泼、迷人、任性、英勇和果敢的个性。圣特雷萨是个——如果不算伟大——高大的女子。玛丽亚·德·桑·何塞形容她身材中等偏高。年轻的时候，她是公认的美女，一直到晚年她还保留着几分美貌。她的脸不圆也不长；额头宽阔而清秀；眉毛又浓又弯，略带红色；双眼乌黑而活泼，不算很大但在脸上的位置恰到好处。她的身体比例协调，人不瘦而是很结实，她的双手小巧而匀称。圣特雷萨对自己的外表并非毫不在意，事实上她曾在一次忏悔中为自己的这一缺点而自责。当弗雷·胡安·德拉·

米瑟那为她绘制了一幅画像时,她看着画叫了起来:"约翰兄弟,愿上帝宽恕你为我画像的罪过,因为你把我画得面容丑陋眼睛模糊。"

圣特雷萨为自己写的传记是世界上最伟大的自传之一,堪与圣奥古斯丁的《忏悔录》媲美。她的比较重要的作品是在忏悔牧师的命令下才写出来的,但当你阅读她的传记的时候会不由自主地深信那个忏悔牧师是个相当狡猾的家伙,他避免指挥她去做她已经下决心想做的事情。上苍赐予她的最伟大的恩惠之一表现为基督耶稣与她私下交流的形式,在很大程度上他命令她去做的都是她想做的事。他甚至嘱咐她记录下他的言论,这样世人就有可能从中获益,尽管其中的一些内容肯定违反了她内心深处的谦卑,另一些内容则令现代的读者感觉到少了点刺激有趣的味道。我们并不需要天籁之音来告诉我们真正的安全感存在于良心的自白。但我们或许有些出乎意外地听说基督曾告知圣特雷萨是魔鬼唆使路德教教徒把教堂中的圣像摧毁从而剥夺了他们改过的机会,因而所有的路德教教徒都受到了上帝的惩罚。有一次他的确向她保证——这件事几乎无法证实,因此你只能想象——万能的上帝有时也会休息一下。基督告诉圣特雷萨神父杰罗尼姆·葛拉西安(圣特雷萨对他怀着一种特殊的爱慕)是他真正的儿子,他永远也不会停止帮助他。从基督的这番话中,圣特雷萨很难预料到这位神父的命运竟极其多舛。他与大部分他不得不打交道的人都相处不好,于是被迫辞去了每一个他凭借才干获得的任命。他的上级下令把他关进了修道院的监狱里,最后开除了他的神父职位。其他的神父职位也都拒绝他的加入。他遭到了土耳其人俘虏,他们用滚烫的烙铁给他烙印,用锁链将他铐住并投入了地牢。在那里他只能吃肮脏、爬满了虫子的面包,饮用水非常污浊,除非就要渴死了,不然没有人愿意喝。他还常常要挨鞭子的抽打。

我从圣特雷萨提供的最好的叙述中获悉了神秘主义道路的各个步骤。鉴于它的主要思路可以非常简洁地被阐明,我希望读者允许我在此加以陈述。第一个阶段称作“净化”,在这一阶段中人的灵魂意识到神性的美好,了解到自身的虚无。通过祷告和苦修,它为进入第二个阶段做好了准备。第二个阶段叫做“启蒙”,在这一阶段中灵魂陷入沉思并触及了超自然的事物。圣特雷萨将这一阶段称为“宁静祈祷”。这是一个沉思丰富的时期。人的各种能力并没有丧失,也没有沉睡,而是集中于灵魂的内部,只有意志是活跃的。意志臣服于上帝,它什么也不渴望,什么也不要求。有些人能达到这一阶段,但很少有人能够超越。第三个阶段要达到“融合”的状态,这也是神秘主义道路的目标。圣特雷萨说那是一种光荣的愚蠢,一种神圣的疯狂,从中可以获得真正的智慧,它也是灵魂的一次美好享受。它提供了平静、力量和信心。然而这种状态是难以解释的。“体验过的人会有所理解,因为发生的一切朦胧模糊,因此无法更加清晰地加以说明。我所能说的全部就是你会感觉到与上帝融合在了一起,这种感觉如此确切以至于你绝不可能不相信它。”

但是,圣特雷萨一直害怕是魔鬼激发了灵魂的这些状态,她从忏悔牧师那里不断地寻求信心的恢复。当她手下的修女们也经历了这样的灵魂体验时,她对此疑虑重重。她每每谈及失去知觉的灵魂被神圣幻景所攫获的那些心醉神迷的时刻,从不会忘记加上一句警告:“这就是精神融合的终结了,”她对修女们说,“在这样的融合中可能会产生功德,功德。”

说到这里我们要暂停一下。每个人都知道这位圣徒最伟大的成就是对加尔默罗会①的改革。从在阿维拉的一个小隐修院开始，不久之后她就在其他地方为男人和女人都建了修道院。我一直有点同情那些可怜的修女们，圣特雷萨的狂热的宗教情感驱使她向修女们施加了更为严厉的教规。她们确实不再像原先那样，从圣十字架日到复活节都需要禁食，也不再与世隔绝地生活了。人们可以来探望修女，她们也得到允许可以离开修道院的区域。然而必须记住的是在当时的西班牙，宗教信仰并不是人们选择修道院生活的唯一动机。由于长子有限定的房产继承权，年轻些的儿子们只得去参军或是去作牧师。在社会比较卑下的阶层中，教会为聪明能干的人提供了可以升迁的唯一途径。那个时代并不安全，谋生的手段也很难获得。修道院可以确保人身安全，而且至少能提供住宿和膳食。贸易是悲惨的，从商的人会受到鄙视。人们自然想让自己的儿子从事既可以糊口又值得尊敬的职业。女子们进入修道院也不总是出于急切的宗教虔诚。年老的绅士无法给女儿们提供丰厚的妆奁从而攀上门当户对的姻缘，于是修道院就成为安置她们的体面途径。当时西班牙人正在佛兰德斯打仗，西印度群岛的男人们又没什么吸引力，很多女人根本没有嫁人的机会。修道院成为了她们的庇护之所。它也为忧伤的寡妇提供了一条令人尊敬的退路，使她们远离可能招致的种种诱惑。有些少女的名誉由于自身的错误或其他意外蒙受了玷污，而即便最微弱的一丝猜疑也足以伤害一个西班牙女人脆弱的尊严，于是修道院也成为了她们的容身之地。读者想必还记得萨拉美亚市长挖苦的言语：“耶稣基督不会对新娘的贞节吹毛求疵。”事实上，除了对上帝的热爱之外，还有许多原因促使一个女子

① 加尔默罗会：俗称圣衣会，天主教隐修会之一。12 世纪中叶，由意大利人贝托尔德（Bertold）创建于巴勒斯坦的加尔默罗山。会规要求会士安贫、守贞、服从、静默、斋戒。14 世纪末到 15 世纪初衰落，16 世纪重整复兴。

进入修道院。这些女子兢兢业业地履行她们的宗教义务,她们为人生寻求这样的缓解方式没什么令人惊讶的。但作为一名修女,只有具备狂热的虔诚才不会感到生活单调枯燥。这些修女们质朴而勤劳,为上门乞讨的穷人提供食物。虽然她们最多算得上适度的虔诚,但至少是没有恶意的。可即便在这种情形下,一个修女也总是有可能将生命完全投入到祷告和苦修当中。难怪当圣特雷萨试图恢复隐修会初期的严格会规时遭到了强大的阻力。

修女和修道士的泛滥给西班牙造成了灾难。有的家庭全家进入了修道院;耶稣会教士巴尔塔萨·葛拉西安的五个兄弟姐妹除了一个早年去世之外全都加入了宗教团体。对于一个十六世纪西班牙人而言,拯救灵魂就是他的主要任务。据统计,全国百分之三十的人口都在教会供职。这不但引起了政治家和经济学家的恐慌,甚至连宗教界都坐立难安。马德里和托莱多的官方请求削减神职人员的数量,巴达霍斯的主教也注意到大量的修道院已成为毁灭国家的灾祸之一。然而,圣特雷萨除了拯救灵魂之外什么都不顾,她还在不断增加着修道院的数目。圣特雷萨的名望以及严格教规对西班牙人的吸引力使得原本满足于世俗生活的人决定宣誓献身上帝。但是,随着国家贫困的加剧,基督耶稣为他的新娘们提供的食物越来越少了。把穷困匮乏看成是一种取悦上帝的苦修方式倒是不错,但可怜的修女们不得不吃些东西才能勉强维持生命,在某些修道院中她们已经饿得奄奄一息。因此,主教们决定除非有适当的捐助,否则不允许再建修道院。但是他们根本不是圣特雷萨的对手。由于她的洞察力受到人们尊崇,而且救世主基督又给予了她支持的承诺,她便一如既往地将事业继续推进。后来隐修会分裂成了不同的分支,而赤足加尔默罗修会则成为独立的团体。这位精力充沛的圣徒创建了三十二座修道院。修女们完全依靠施舍的物品生活。她们不需要任何收入，因为上帝会为她们提供。在教会章程中（一份很能反映她性格的资料），她规定如果有食物的话，那么应该在冬季的十一点钟和夏季的十点钟用餐。但事实上有规律的时间是无法确定的，因为一切都有赖于上帝的恩赐。圣特雷萨或许是位有益的楷模，许多追随她的信徒获得了灵魂的救赎，但不可否认的是她的行为加速了那个不幸的国家的衰落。

然而这一切与我的意图并无太大关联。作为一个小说家，我感到圣特雷萨身上有一种奇特的个性，这种个性引起了我的兴趣，诱使我写下了这一篇不长的文字。在我看来，她并不是一个智慧非凡的女子，但她有魅力、决心和勇气。拥有这些品质就能达成世界上伟大的目的，尽管未必是明智的目的。

《修会创立准则之书》是一部充满娱乐性、机智、幽默而且穿插着许多奇闻轶事的著作。书中有一段关于在萨拉曼卡创立修道院的动人叙述。圣特雷萨在玛丽修女一个人的陪伴下在严寒中走了大半夜，终于在万灵节前夕的正午抵达了萨拉曼卡。此时她的身体羸弱多病。她派人去客栈中叫来了一个叫做尼古拉斯·古铁雷斯的好心人，她曾经委托这个人为自己安顿住所。但这件事并不容易，因为当时并不是房屋出租的旺季，城里有许多学生很不情愿离开。尼古拉斯·古铁雷斯告知她目前还没有空出来的房子，因为自己没有办法让学生们离开。圣特雷萨告诉他立刻搬入住所对于她们是多么地重要，于是他就去找了房东，安排在夜晚来临前腾出房子。当两位修女终于能够搬进去的时候已是黄昏了。学生们留下的房子里乱七八糟而且非常肮脏，以至于她们当晚什么事也做不成。那是一幢很大的房子，杂乱无章，还有很多阁楼。比起刚毅勇敢的圣特雷萨，玛丽修女要更加胆小，她总也摆脱不了有关学生的念头。他们是那样不情愿地离开，她害怕其中有些人还躲藏在房子里。修女们将自己关在一间有稻草的屋子里,"稻草是我为创建修道院准备的第一样东西,因为只要有它我们就不会没有床睡。"耶稣会的神父们借给了她们几条毯子。在房间的门被安全地关上后,玛丽修女似乎有些不那么担心学生们了,但她依然这边看看,那边瞅瞅。

"我问她既然知道没有人能进得来,为什么还要四处察看?"特雷萨说。

"她回答说:'院长,我在想要是我现在就死了,你一个人会怎么办?'"

特雷萨忍不住觉得那会是件可怕的事情。她有点震惊,因为尽管她不害怕尸体,但即便是有人在身边的时候,尸体也会令她紧张。可她回答道:

"修女,要是那真的发生的话我会想出该怎么处理的,现在还是让我睡觉吧。"

在此之前她们已经有两个晚上没有休息好了,睡眠很快抚平了她们的恐惧。第二天早上,她们在这座修道院中举行了第一次弥撒。后来特雷萨每每想到玛丽修女颤抖的样子都忍不住想笑。

是的,这的确是个有性格的女子。

也正是独特的性格使弗雷·路易·德·雷昂修士①成为一个令人着迷的写作主题。我觉得自己有些理由对他的事例加以较为详细的论述。弗雷·路易于 1591 年去世,因此我书中的主人公不太可能聆听过他的讲座。但我猜想当这位主人公在萨拉曼卡学习的时候可能与一位年轻的奥古斯丁修道会的教士有所接触——弗雷·路易在他的一部著作中把这位教士称作朱利安诺——并从教

① 见第四章注。

士那里听说了这位西班牙散文大师的一些情况。

萨拉曼卡是个适合闲荡的好地方。城里有一个宏伟的广场,四周都是拱门。每当夜色降临,所有的人都会来这里漫步,男人们朝着一个方向,女子们则朝着另一个方向,擦肩而过时便可眉目传情了。市政厅是玫瑰色的,建筑的正面雕刻有复杂的花叶形的装饰。厚实的教堂从远一些的距离看去倒还美观。它似乎是被种植在地上的,带着一股子坚定的傲慢。然而当你走近一看,就会对它那丑陋的泛红的棕色和华丽炫耀的装饰感到厌恶。教堂的内部无比地富丽堂皇。巨大巍峨的柱子向上伸展到几乎难以置信的高度。唱诗班的席位附近环绕着精心雕琢的浅浮雕。这一切是如此地壮丽奢华,使人想到市长大人的招待酒宴。这里显示了一种充满仪式感的、自信而且丰盛的宗教生活,你不禁问自己愁苦的心灵希望在这里寻求什么样的慰藉呢?

萨拉曼卡大学已经遗憾地失去了历史上曾有过的辉煌荣耀。我去参观弗雷·路易讲学的教室,那是一间刷了白色涂料的房间,宽敞,昏暗,正方形的,还有一个拱形圆屋顶。狭窄的长凳和课桌填满了整个空间。教室的一边是一条长长的、被隔成若干区域的通道,看来旁听者就是站在这里的。在讲台的后面有一个木制的罩子,有点像个大灭火器。弗雷·路易就是站在这个讲台上——根据传说(可学者们声称传说并不真实)——进行讲演,他的开场白比他的任何著作都更坚定地使他名垂千古。在被宗教裁判所关押了四年之后,他获得了释放并回到了萨拉曼卡。在那里,他受到了一群绅士们敲锣打鼓的夹道欢迎,他们是大学的教授和学生们,特意从瓦利阿多里德赶来见他。在充分的休息之后,他开始了第一次讲演。人们聚集在一起聆听他的讲座,他们预料他会攻击那些责难他的人并再次为自己辩护。他的开场白是这样的:“正如我们昨天所说的。”

弗雷·路易在狱中写下了他最为著名的作品——《耶稣之名》。这本书是以和奥古斯丁教会的三个朋友交谈的形式来写的。夏日炎炎，他们为了避暑就搬到了距离萨拉曼卡几英里的托美斯河上的一个村庄的房子里。那个地方叫做拉弗莱查。书中各种谈话的场景都发生在那里的花园中以及河中的一个小岛上。我认为有必要到西班牙文学中如此知名的地方去游览一番，于是在询问了路线之后就出发了。开车行驶了一段时间以后，我开始觉得自己迷路了。不久，我遇到了一位肥胖的年轻牧师。他有一张圆圆的红润脸庞，戴着眼镜，正一边散步一边朗读着祈祷书。我停下车问他能否为我带路。他似乎很乐意帮这个忙。他是个贫穷的教区牧师，身上披着一件破旧法衣，因为日晒雨淋已经掉了色。这位牧师讲话时声调很高。他非常彬彬有礼，上车给我指路时还脱掉了帽子，但是当他想再次戴上帽子时，却无法确定正反面。他一刻不停地在抽烟，并熟练地给自己卷香烟。

过了一会儿，他举起了手，我们便停了下来。一条崎岖小径通向一个绿树成荫的花园，花园四周环绕着灌木树篱。修道士就是坐在这里与他的朋友们聊天的。一条小溪从花园旁流过，那是一条清澈透明的涓涓细流。溪流的另一侧是个果园。那真是个宁静怡人的地方，在西班牙的酷热的夏季，它为人们提供了一片可喜的凉爽。牧师带着我游览时候，有一种仿佛是这里主人的样子，在我看来十分可爱。然后他做了一件奇特的事情。他开始吟诵起来。

“六月来临，正值圣胡安节到来之际，在萨拉曼卡苦读的学子们的学业即将结束……”

这是《耶稣之名》一书的开篇，那些流畅优美和谐的华美词句像音乐般从他的双唇倾淌而出。他那张肥胖红润的脸庞上呈现出狂喜的表情。

“多棒的记忆力呵!”当他终于停止的时候,我赞叹道。

“我经常读这本书。我时常在教区的农庄里走很长的路,三里格四里格五里格①,如果我反复吟诵喜爱的段落,感觉路程就缩短了。没有人能像我的弗雷·路易那样用西班牙文写出如此优美的文字。”

然后他提出要带我去看看弗雷曾经散步的小岛,我们又返回了大路。一路上我们领略了卡斯蒂利亚大草原的开阔风景。远处的群山似乎是透明的。我们沿着河流行走,河岸旁密密麻麻地生长着挺拔的白杨树,我们一直走到了河堤上的一片农田里。一个头上包裹着手帕的妇人坐在一块可以俯瞰流水的梯田上缝缝补补。她热情地与衣衫褴褛的牧师打招呼并礼貌地向我问了好。我们经过了一个磨坊便到达了那个小岛。水似乎恰好流到了磨坊的引水槽那边。在较远些的河堤上种着一排白杨树,土地在收割之后变得干燥并呈现出棕褐色。小岛上轻拂过一阵柔和舒适的微风。在一个树木环绕的小圈子里有一张桌子,传说修道士就是坐在这里写作的。如今每逢周日,度假的人就会来这里野餐,在地上撒满了旧报纸。这里有一种醉人的静谧。宽阔而宁静的河流会对人产生一种奇怪的作用。人的心绪镇定,但同时又敏锐而活泼。

然而,我在这次游览后反复回忆起的却是那个土气迟钝的牧师一行行背诵着那篇悦耳散文的情景。

我读过他引用的这本书,虽不是一字不漏,但也读了很多。书中包括一系列有关宗教经典中以耶稣的名义书之的布道。我不得不承认要不是因为有对话展开时有趣的描述,各种逸事和例子,以

---

① 1里格约相当于3英里。

及遍及各处的关于作者性格的揭示，我或许会觉得这本书不大好读。他关于演讲主题的种种沉思在我看来似乎并不太微妙难懂。我本应该在非常熟悉神学作品的任何虔诚的人所理解的范围内来看待这些问题的。

我觉得在路易·德·雷昂的身上似乎有一些格外现代的东西。他绝不像历史上的许多知名人物那样性格单一。我并不认为过去的人与现在的人有什么区别，然而在他们同时代的人看来，这些名人似乎更加同质化。否则人们就不会常常用"幽默"这样的词来形容他们。但是，弗雷·路易是个矛盾的人，在他的身上存在着不安抵触的特征和敌对的天性。委拉斯开兹的岳父帕切科用简单的语言逼真地描绘了他的形象：一个身材瘦小但比例协调的男人，巨大的脑袋上长着卷曲的头发，宽阔的前额，一个偏圆而不是偏长的黝黑脸庞，闪烁着光芒的绿色眼睛。他既自负又谦卑，既莽撞又有耐心，忧郁，暴躁，尖刻，忠诚，侠义。他痛恨愚蠢的人和伪君子。他对小孩子无比温柔。他热爱自然与真理。他无所畏惧。他总是准备好公然抨击专制统治，根本不在乎会激起怎样的仇恨。他甘冒一切风险抗击不公正的行为。他是个非常节俭的苦行者，很少允许自己享受睡眠，因此当仆人清晨到他的房间时，会发现那里与昨晚离开时一样。但是他热爱着生命中美好的事物，托美斯河流经拉弗莱查时发出的可爱的催人入眠的声音，盲人萨利纳斯演奏的天籁般的音乐以及西班牙语言的音色和韵律。他好争论，粗鲁，狂暴，可他最渴望的却是和平。对休憩的呼唤——摆脱混乱思绪的休憩，摆脱世界苦难的休憩——在他的所有作品中反复出现。这为他创作的优美抒情诗注入了一股辛辣尖锐的味道，从而突破了贺拉斯风格的矫揉造作。他追求幸福与精神的宁静，但他的性情使他无法达成这一渴望。人们把他看成一位神秘主义者。可他从未体验过令追随神秘主义道路的那些人获得安慰的神奇恩赐，也从来没有学会对世间万物保持超然的态度。他强烈地渴望着一种全神贯注的感受，但他那不安的天性使他从未享受过这一感觉。也就是在作为诗人的范围内他才算得上是个神秘主义者。他望着白雪压顶的群山，渴望去探索它们的奥秘，但尘世间繁琐的事务阻止了他。我一直认为他的那句话——无爱就无生活——对他而言有一种隐秘的悲剧性的意味，而不仅仅是句陈词滥调。

弗雷·路易具有意大利文艺复兴时期的某些伟人令我们惊叹的全面的才华。他是数学家，占星家和法学家。他没有受过训练，却掌握了作为一名画家的纯熟技艺。他不但精通神学作品，在古典文学方面的造诣也很深厚，对黄金时代的梦想始终萦绕胸怀。他的诗，正如我说过的，不仅仅是卓尔不群，而且我想所有的鉴赏家都会承认在西班牙没有人能写出像他那样完美的散文了。当手中握着笔的时候，弗雷·路易就是一位学者，一个绅士。他的作品以典雅而非气势取胜。在《完美的妻子》一书中，他详细地引用了德尔图良①的话。即使通过译文，你也一定能看出那位非洲作家的文字比起弗雷·路易的要生动、活泼、雄浑得多。但即便是个外国人也必然能感觉到路易·德·雷昂流畅的散文所具有的魅力。他的文字如同从拉弗莱查流淌过的小溪那样清澈，既意味深长又通俗易懂，既简洁又丰富，有一种低沉而欢快的乐感。在我看来弗雷·路易创作的最吸引人的、最有趣的书当属《完美的妻子》。一个对神学和神秘主义都不感兴趣的读者，也可以从这本书中获得娱乐和消遣。它就婚后各种必要的事项为新娘的品行提供了明智的建议。读者

① 德尔图良（Tertullian，150—225）：基督教著名的神学家和哲学家。他生于迦太基，也卒于此地。他在使拉丁语成为教会语言和西方基督教的传播工具方面做出巨大贡献，著有《护教篇》、《论基督的肉体复活》等。

会不由自主地对书中直率、精明与高贵的奇特混合产生某种愉悦的惊讶感。这本书还可以使读者对上层社会家庭生活有一个愉快的了解,并且到处都含蓄地提及了传统眼光不可能察觉到的西班牙社会的种种细节。弗雷·路易是位出身名门的卡斯蒂利亚绅士,他对于美好生活的理想就是依靠农田庄园的农产品维持生计的地主生活。他似乎没有考虑过有的人可能出身不幸,没有宽广的田地可以耕种。对于经商的人,他完全不屑一顾。这一职业不但不体面,而且严重地有损灵魂的安康。"田间生活,"他说,"以及对祖先遗留土地的耕作是一种对纯洁和真理的学习,因为你可以从与你一起劳动和交谈的人那里学到知识。土地忠实地按照你的托付给予回报,它稳定、率直、始终如一,盛产充足的水果和丰富的作物,慷慨无私地做着大量的善事。因此在土地的怀抱里劳作的人似乎被它打动从而产生了一种独特的善良和单纯的性情,而这些品质在其他人身上是不易找到的。是土地教会了人们诚挚、真实和守信,同时保留着美好旧习俗的记忆。"

在《完美的妻子》最长的一个章节里,作者引经据典地攻击了当时女子喜欢染发和涂抹脸颊的一种莫名其妙的癖好。(作为一个虔诚的修道士,他认为一个善良女子的美丽并不在于面部的轮廓而在于灵魂深处的美德。他并不确定完美的妻子应该是娇美可人的。)他承认不是所有化妆的女子都有邪恶的意图。"我这样想是出于礼貌。"他冷淡地说道。即使脸上的妆容不会暴露她们自己的不良愿望,但不管怎样这都会激起她们邻居的不善企图。善良贤淑的女子应当这样梳洗:"让她们伸出双手,接住仆人从盥洗架上的罐子里倒出来的水,让她们把脸庞浸入水中,再取一些水灌进嘴里,清洗齿龈,用手指搓搓眼睛的上方和耳朵的里面,耳后也要搓到,让她们不要停止这些动作直到整张脸庞都干净清洁了为止。在这之后,就不用管水了,让她们用粗毛巾把自己擦干净,这样她们就会比太阳还要美丽了。”

书中还有一个章节的题目叫做:《女子不应该多言而应该安静且性情温和的重要性》。在这一章节中他用了一句非常现代的格言,令人不禁莞尔。他说:“愚蠢而爱饶舌的女人,就像一般的愚蠢女人一样,无论她们拥有其他任何优点,都令人难以忍受。”他又进一步评论道这种愚蠢的特点在于它意识不到自己的愚蠢,反而将愚蠢当成了智慧。“而且不管我们怎样努力,要灌输常识(给这一类的人)是最困难的事,因为这件事如果不是自小就学习了,那就根本学不好……我们能给予这些女子最好的建议就是乞求她们管住自己的嘴巴;既然世间鲜有聪慧佳人,那她们就应该致力于成为众多的沉默女子。”在我结束这本迷人的著作之前,我想从名为《关于婚后夫妇互爱互助的责任》的章节中摘录一个片断。这是引用圣·巴兹尔的一段话。“毒蛇是爬行动物中最凶残的一种,他会殷勤地出动,追求海鳗为妻。在他到达以后就会发出鸣笛的声音,似乎是在发送信号,从而把她从海里吸引上来投入婚姻的怀抱。海鳗十分顺从并毫无畏惧地与恶毒凶猛的毒蛇结合了。对此我想说些什么?什么呢?那就是无论丈夫怎样的无情和粗暴,妻子都需要忍耐,同时她应该不让任何事扰乱生活的平静。”

这个比方真是生动呵!

从未有人想过要美化弗雷·路易·德·雷昂。他从来没有像其他圣徒那样,获得过宁静。现在,我想简单地记叙一个与弗雷·路易形成对照的人,他的生活方式卓越地显示了激励这些西班牙人的力量是多么地强大。这个人就是阿尔坎塔拉的圣彼得,以下是圣特雷萨在她的自传中对他的描述:

“阿尔坎塔拉的彼得神父是上帝近来为我们塑造的一个优秀典

范。这个世界无法容得下如此完美的人。人们说现在我们的身体变得更加虚弱了，境况也发生了改变。这个神圣的人就生活在我们这个时代。他的精神十分强大，因此他征服了整个世界。尽管人们或许不会像他那样赤身裸体地行走或进行如此残酷的苦修，但正如我在其他时候提到过的，他们还可以通过许多别的途径征服世界。当上帝看到他们的勇气时就会教导他们。我们都知道上帝赐予了这个圣徒多么巨大的力量使他能够连续四十七年进行严厉的苦修。我想对此加以描述，因为我知道这都是真实的。

“他告诉了我和另一个他很少有所隐瞒的人（正如我说过的并一直会这么说的，他告诉我是因为他对我充满爱，而且上帝希望他这么做，从而在我最需要的时候给予我保护和激励）。在四十年里——我想他是这么说的——他每天从早到晚只睡一个半小时。征服睡眠，刚开始这是他实践过的最艰难的苦修，为了能做到这一点，他总是站立或跪着。即便在睡觉的时候，他也是坐着的，脑袋靠在打进墙里的一块木头上。就算他想躺下来也做不到，因为众所周知他的房间不过只有四英尺半长。许多年来他从不曾戴上兜帽，无论阳光有多么炽热，下多大的雨；他脚上从不穿鞋；身上裹一件粗麻布道袍，里面什么也不穿；他将粗麻布裹得尽可能地紧，外面再披一件同样材质的斗篷。他告诉我每逢严寒，他就把斗篷脱掉，并将房间的门窗打开，这样当他再次穿上斗篷并关上门时，他的身体就会觉得暖和许多了。每三天吃一顿饭对他来说是稀松平常的事。他问我为何要感到惊讶，因为任何习惯于此的人都很可能做到这一点。他的一个同伴告诉我他曾经禁食了一个礼拜。这肯定是在他做祷告的期间，因为那时对上帝的爱会把他带入一种欣喜若狂的忘我境界，我自己就曾目睹过。

“他年轻时异常贫困，所进行的苦修也极其严酷。他告诉我他曾在修道院的一间房子里生活了三年,在这三年里他仅仅凭着听修道士的声音去辨别他是谁,因为他从不抬起眼睛看。当他不得不从一个地方去另一个地方的时候就只好跟在牧师们的身后。在长途旅行中也是如此。他从不看女人,这持续了很多年。他告诉我现在看或不看对他来说已经没什么两样了。但我认识他的时候他已经很老了,身体非常虚弱,整个人看上去好像仅仅是由树根做成的。他是个很神圣的人,却也和蔼可亲,他的话不多,除非你问他问题。他的理解能力很强,因此给的回答总是令人十分满意。关于他的事我想要说的还有更多,但恐怕你会问我这些事与我有何干系。我是带着疑虑不安写作的。因此我只想最后补充一点,他临死之际与生前一样,在讲道和劝诫他的修道士们。当他意识到即将抵达生命的终点时,他吟诵着赞美诗:《我为人们告诉我的事感到欣喜,我们将前往上帝的住所》,跪在地上,死去了。”

这些西班牙人能够如此顽强地战胜自我,难怪他们能征服半个世界。

十一

我希望写一篇有关神秘主义的文章可以符合我的意图。神秘主义是一个内涵丰富的主题。我试图将某些虔诚之人的事迹记录下来,认为这或许会帮助我理解西班牙的宗教精神。宗教精神不仅仅只是历史背景,它是一个框架,在那个特殊时代里,西班牙人就是在这个框架里展开了五彩斑斓的活动。在当时的西班牙,宗教全面渗透到了日常生活的普通层面,我想世界历史上的其他任何时期都无法与之相比。灵魂的救赎是西班牙人生活的主要事业。强盗在去干坏事的途中听见做弥撒的声音,那个皮条客、敲诈犯兼受雇的亡命徒在争斗中受伤后疯狂地恳求神父来听他忏悔。唐璜自己是个藐视宗教的人,可是当石像暴躁地紧抓住他时,他却乞求获得短暂的缓解来与上帝讲和。黄金时代的西班牙人将天主教会当作他们灵魂的故乡。宗教确实激发了他们的情感,一种骄傲与温情,信任与怀旧交织的情感,约翰生博士①将这种情感描绘成一个无赖之徒最后的避难所。

然而到此时为止,我想我已经为实现自己的目标收集了充足的材料。在阅读的过程中我搜集了一些逸事可以推动叙述的进展,各种各样的人物形象就在我意识的边缘等待着参与到情节中去的召唤。我所需要做的仅仅是坐下来开始写。可就在那时一件非常不幸的事发生在了我的身上。有一次,我人在卡蒂斯,于是就去了趟那里的美术馆。美术馆在一座古老宫殿的一楼,相当破旧,收藏根本算不上广博,而且大部分的画都出自现代西班牙画家之手,质量令人哀叹。但是有一间藏室却收藏着苏巴朗一系列画作,是从赫雷斯附近的加尔都西修道院里搬移到这里来的。苏巴朗不是一个会受到很多人热爱的画家。你必须要非常了解他,要研究他之后才会意识到他是位多么杰出的艺术家。他拥有力量,这是你在其他画家身上很少发现的一种品质。但我在这里并不想过多地谈论他,我的当务之急是有关这些肖像画的。这些画主要是想通过表现各种人物的虔诚来阐明加尔都西修道会宗旨的。画像惟妙惟肖,很可能就是苏巴朗去修道院画墙壁装饰画时为僧侣们描绘下来的真实写照。画面中有苏巴朗所特有的那种坚硬感。那些白色的长袍似乎不是用羊毛,而是用像粗呢那样刚硬的材料做的,褶皱也丝毫没有柔顺感。它们仿佛是在木头上刻成的。然而,这种粗糙坚硬的表现手法会给人一种十分不同寻常的感觉。它或许会令人觉得排斥,但不会让人无动于衷。在这一系列加尔都西圣徒和被赐福的修士的画像中有一种使人印象非常深刻的东西。有一张描绘神圣的约翰·霍顿②的肖像奇特地令人感动。我不由得相信画中的人就是那个有着伟大精神的英国教士,而不是作为模特的西班牙人。霍顿传记的作者形容他是一个相貌腼腆,举止端庄,言谈优雅,身体贞洁,心灵谦逊,和蔼可亲,受到所有人热爱的人。而画中的这个人就具有教养良好的文雅气质和轮廓鲜明、精致英俊的容貌,有时候你会在某些出身名门的英国绅士身上发现这些特点。画中人修剪过的脑壳的周围留着很短的头发,似乎是红棕色的。我一度曾毫无来由地问自己这个不知名的同胞远离故土迢迢跋涉到安达卢西亚的修道院,并服从院长的指示,坐下来为另一个英国人的肖像做模特,可他究

① 此处指的是塞缪尔·约翰生(Samuel Johnson,1709—1784):英国文学家,词典编纂家。他曾说过:“爱国精神是一个无赖之徒最后的避难所。”

② 约翰·霍顿(John Houghton,1487—1535):英国人,天主教加尔都西会教士,英王亨利八世时期第一个受迫害的殉教者。

竟是谁呢?

这是一张特征鲜明的脸庞,瘦削得仿佛经历了长期的禁食,还带着一种不安与焦急的紧张感。他的双颊泛着潮红。皮肤上尽管有一种温暖柔和的象牙色调,但肤色比象牙色暗,比橄榄色白,微微露着些病态。一只空着的手紧握在胸前,另一只手则拿着一颗流血的心。脖子周围用打了结的绳子扣紧了。

这张脸庞始终萦绕在我的脑海中。几个月过去了,一年,两年,我通过努力逐渐为小说中的主人公积累了丰富的素材使他可以承受冒险经历奇遇了,可他却呈现出一副苦修者的相貌,呈现出那个不知名的教士的瘦削、苦难、急切、入迷的面容。他具有同样的宗教气质,他的眼睛里也同样流露出决心从事某种难以言喻的神秘事业的坚定目光。我起初什么也没想,但在仔细地琢磨主题后却认识到这完全不是我需要的那种人。首先他并不是一个精力充沛的人。我猜想他在开始教会生活之前对宗教就有所了解,但他的认识是非常浅薄、装模作样的那种,他会觉得一个虚假的数量荒谬可笑,他会在放肆纵情的时候引用维吉尔①的诗句。我可以想象得出他冷笑的样子,有些盛气凌人的架势,但我认为他永远不会放声大笑。我猜想他有爱的能力,但那爱里没有淫欲的成分,如果他陷入爱河,那将是件悲惨的事。我可以想象得出他为某个轻浮的女人黯然神伤的表情,被理想主义蒙蔽的他看不出那样的女人其实一钱不值,或许他还会为了尊严而在痛苦的沉默中煎熬,因为上帝拒绝赐予他想要的幸福。我想他不会把一个妓女带上床,也不会欺骗漂亮女演员的爱吃醋的情人。我想他可能就诗律方面错综复杂的问题与洛

① 维吉尔(Virgil,前70—前19年):古罗马诗人,作品有《牧歌》10首、《农事诗》4卷,代表作为史诗《埃涅阿斯纪》,其诗作对欧洲文艺复兴和古典文学产生了巨大影响。

佩·德·维加相谈甚欢,但他会认为戏剧不过是粗俗百姓的娱乐而已。他也许会在萨拉曼卡过上一段学生生活,但除了与几个严肃庄重且出生高贵的绅士有所交流外,其他什么人也不理睬。我想对于性急的路易·德·雷昂的那种贺拉斯风格的怀乡念旧,他只会鄙视。倘若他阅读了流浪汉小说的话会把它当作闲散的消遣,但不会充满好奇地想去体验小说中描绘的生活。他把这种生活留给了他的仆人们,自己则以讲究尊严和礼节的生活方式与那个热闹、忙乱、卑鄙、生动的世界保持着距离。

这样一个人根本不是我需要的。我决定构思另外一个形象。我希望他是个快乐的人,聪明而文雅,有生动的幽默感;当然是要信奉宗教的,但抱着几分怀疑的态度;他渴望冒险,对接触到的一切想法都兴趣盎然;他在任何聚会中都无拘无束,既可以自如地与诗人们讨论现代戏剧,也能够轻松地和演员们作乐或与盗贼们狂饮;他擅长说故事,和漂亮的女人做爱,会因为微不足道的小事拔剑决斗,会身陷于外交阴谋当中,但又追求——既向往又勉强——神秘主义者们所讲述的美好境界。我认为塑造这样一个与我的意图相符的年轻人并没有什么困难。我喜欢让他拥有略带红色的头发,以及与之相配的象牙橄榄色皮肤。我会赋予他瘦削的脸型,殷切的双眼,棱角分明的面容,这样的外貌与他对艺术的热爱和对精神事物的兴趣相一致。我不希望他太高大肥壮,因为这会显得性情粗糙,不符合我的想法。我希望他风度翩翩,身体比例协调,苗条但结实,还有一双纤长美丽的手,会令埃尔·格列柯为之着迷想要画下来。当我完成了对他的构思之后才沮丧地发现,我所描述的还是那个为约翰·霍顿的画像做模特的身穿白袍的加尔都西修道会教士。我又重新开始,同样的事情又发生了。我将它放下了一段时间,又再次构思,依然没有起色。我竭尽所能,可主人公的面部轮廓依然是那个该死的教士的。你或许以为一个作家可以赋予笔下的人物任何他喜欢的特征,无论是身体的还是思想的。但事实并非如此。人物形象并不是作家创造的,无论如何都不是作家的意识创造了人物。相反,是人物造就了自己。这个形象也许来自一幅画,也许来自对在街上看到的或过去知道的某个人的回忆。然后这个人物与众不同的特征就在作家的脑海里酝酿成长着,我想这些特征来自作家潜意识的深处,但并没有意志的推动。一旦人物形象形成了,那么作家除了接受他之外就什么也不能做了。他无法改变他头发的颜色或者嘴巴的形状,否则人物就会失去真实感。一个人之所以成为他自己因为他恰好就那么高,他会做这样那样的事情,有这般那般的感受,是因为他的眼睛中正好有那样的眼神。帕斯卡①曾说过倘如克娄巴特拉②的鼻子长一些,世界的历史都会发生改变。他或许还可以补充说这也会改变她那似是而非的和谐性格。我不得不面对这样的现实:我脑海中酝酿着的这本书的主人公正是那个不知名的教士。但我非常清楚这将会是一本我无法写的书,甚至不是一本十分吸引我去写的书。它会有点过分地阳春白雪,有些缺乏活力,而且对我来说肯定没有特别的意义。

我略作挣扎,可依然无济于事。我的性格已经扼杀了我的故事。天上的猎犬③追逐着我。我最终只得听天由命,决定放弃写这本书的念头。我为了写这本书前前后后专心准备了好些年,读了两三百本书,此时不免觉得失望。我只得聊以自慰地想,或许这些书

① 帕斯卡尔(Blaise Pascal,1623—1662):法国数学家、物理学家、哲学家。
② 克娄巴特拉(Cleopatra,前69—30):古埃及托勒密王朝最后一任女法老,以美貌征服了恺撒大帝和他的手下安东尼,人称“埃及艳后”。
③ 天上的猎犬(The—Hound—of Heaven)是由英国诗人汤普生(Francis Thompson,1859—1907)所著作的一首描述他个人生命经历的长诗。在这首长诗中汤普生把上帝对世人的爱比喻为天上的猎犬,在嗅到他的味道以后,就一直尾随在他后面,以不慌不乱、镇定庄严的脚步紧紧跟随,让他听到那脚步声的滴答,以及句句爱的呓语。

会对我有所裨益。作家不可能通过刻意的努力而提升自我。年岁愈长,我愈发坚定地认为写作的并非作家本人而是人们所称的"他的潜意识"。尽其所能地培养和丰富潜意识必须成为他的目标。这一点,我想,他可以通过思索达到。圣特雷萨的一些话一定会在艺术家的心中引起共鸣:"我就仿佛是那个听到从远处传来的声音的人,"她说,"可尽管听见了却无法辨别那声音说的是什么。我常常不理解自己的语言,可正是主的喜悦使我清晰地说出了这些话。倘若有的时候我会胡言乱语,那是因为我天生就会把事情搞砸。"我在今日的西班牙国内以及黄金时代的精神家园(有时难免单调乏味)徘徊了许久,无法相信在这么长时间的游荡之后自己竟完全没有任何进展。在我看来,旅途中简单的故事或许倒会引起各地读者的兴趣。

在我读过的书当中有一本对我确实没什么用,因为它描述的是一个亚美尼亚的主教到不同圣地去朝拜的经历,故事发生在十五世纪末,比我关注的时代要早了一百年。然而当我在一份参考书目中看到这本书的标题时,它激起了我的好奇心。书名叫做《欧洲纪行》,于1827年在巴黎出版,由J·圣·马丁先生翻译。这是一本很薄的书,有点发霉了,书页也随着时间的流逝而沾染了污渍,书的内容是法语和亚美尼亚语相对照的。它是由这样的一段话开篇的——我从法语把它翻译了过来:

"我,殉道者——仅仅是名义上的,出生在阿森德然,我是个主教,居住在诺卡(新的村庄)的圣芝若哥修道院。去拜访耶稣使徒们的墓地是我平生的夙愿。当时机到来之时——尽管我微不足道,配不上我一直渴望的这份荣耀——我没有将心中的意图告诉任何人,就从我的修道院进发了。那是在亚美尼亚纪元的938年10月29日那一天。我分站分段地旅行,首先到达了斯坦布尔。幸亏有上帝的恩典，我在那里发现了一艘船，并和维萨尼副主祭一同登上了船。”

他提到的日期相当于公元纪元的1489年。克里斯托弗·哥伦布①正是在1492年8月3日这一天从帕洛斯起航去开辟前往印度群岛的新航线。

我想这个殉教者，这位阿森德然的主教，一定是个不同寻常之人。阿森德然是个繁忙而且人口众多的城市，著名的幼发拉底河就从城中流过。城市位于平原当中，有很多的果园和葡萄园，周围还有群山环绕，山里生活着无人管理的野蛮部落。启迪者圣格里高利②就在离城市不远的幼发拉底河中为亚美尼亚的国王以及宫廷中的贵族们施洗。这一事件的结果对亚美尼亚人十分不幸并且使欧洲的和谐陷入非常困窘的境地③。主教一路前行到达了罗马，在那里教皇给他写了一封举荐信，对他艰险的旅程很有帮助。他继续向北行进，在巴塞尔他与维萨尼副主祭被当作间谍抓了起来。对此，他没有作任何评论。被释放之后，他们沿着莱茵河一直到了科隆，在那里他们看见了“东方三圣”④的墓。当他们到达佛兰德斯之

① 克里斯托弗·哥伦布（Christopher Columbus，1451—1506）：中世纪欧洲航海家，他在1492年到1502年间四次横渡大西洋，并成为到达美洲新大陆的首位西欧人。

② 启迪者圣格里高利（St. Gregory the Illuminator，258—325）：亚美尼亚的第一位圣徒和亚美尼亚基督教会的创造者。公元301年，亚美尼亚王特拉达三世定基督教为国教，使得亚美尼亚成为世界上第一个基督教国家。

③ 从5世纪中叶以来，亚美尼亚教会就一直保持独立。直到现在，亚美尼亚教会依然独立于基督教主流派以外。后来的罗马天主教和希腊正教都是从基督教主流派分裂而来，亚美尼亚教会跟双方都没有关系。基督教的主流教义强调神的“三位一体”和“两种属性”，即认为基督的本身具有两种本性，即神性与人性，这两种属性相和而不相混。在451年，基督教的卡尔西顿第四次会议上，这种“两性说”获得胜利，成为基督教的正统。但亚美尼亚教会并没有追随卡尔西顿决议，不承认卡尔西顿决议的合法性。亚美尼亚人另外提出了一种基督教观点，既不同于罗马的观点，也不同于波斯人的观点。与主流信奉不同，亚美尼亚教会信奉神的“一性说”，认为基督的人性完全融入神性，因此只有一个真正的属性——神性。但是他们在历史上，因其基督信仰被视为异端而遭受了可怕的迫害。

④ 根据《圣经》记载当耶稣诞生之时，“东方三圣”（也译作“东方三博士”）从今天靠近伊朗和阿拉伯的地方出发前去寻找他，并带去了为他加冕的金冠、象征神性光辉的乳香和预示人子最终死亡命运的没药。

后,因为不熟悉语言,很难让当地人理解他们的意思。出于同样的原因,他们到英国以后也不知如何是好。关于这段经历他除了提到英国人是吃鱼的之外什么也没说。可是,一抵达巴黎寄宿的小客栈,他就感叹道:“人们要怎样描绘这座城市的美丽啊! 这是一座非常伟大壮丽的城市!”这比起他通常的描述要进了一步,因为在大多数情况下他告诉你的不过就是如何从一个地方前往另一个地方以及他参观了哪些圣地。关于遇到的人,他却只字不提。这是最枯燥乏味的读物了,可你仍然会读下去,因为你能感觉到这个人具有一种不可战胜的勇气。在巴黎,副主祭离开了他。他试图寻找另一个同伴,可似乎没有人愿意与他共担一路艰险。“于是我就将坚定的信念交付了圣詹姆斯的祷告和万能的上帝,继续踏上了充满艰难险阻的旅程。”没有危险能让他胆怯。他忍受着寒冷和饥饿的煎熬。他已经不再年轻了,却只身一人步行前进,毫无抱怨地接受命运的一切安排。当他到达城镇的时候会受到修道院的接待,然而倘若他置身于荒郊野外就会做好准备睡在光秃秃的地上。他走过了许多城市,每到一地都会受到礼遇。在圣塞巴斯蒂安,一个小客栈的老板和他的妻子无比慷慨地招待了他。在我所读到过的客栈老板中,这算是独一无二的好人了。那里的人为他举行了两次募捐,因为无论他出发时带了多少钱,到现在肯定早就花完了。关于圣塞巴斯蒂安,他令人惊讶地评价道:“在这个城镇里,我就没看到过一张俏丽的面孔。”尽管又疲倦又虚弱,但在上帝帮助的支撑下,他最终来到了圣詹姆斯选择作为安息之所的著名城市。

“我走近墓碑,饱含敬意,我将脸仆在地上,恳求他宽恕我的罪过,以及我的父母和恩人们的罪过。最后,在泉涌般的泪水中,我完成了这一桩心愿。”

然后他便启程返回故土。

他到了一个被他称作戈萨瑞的地方，那是位于基普斯高亚海岸的一个港口。当时是1494年，他已经在路上行走了五个年头。此时自克里斯托弗·哥伦布返回帕洛斯也仅仅过了十二个月，他发现了——并非他原本寻求的——一个新世界。现在我继续引用主教的叙述：

“我在那里发现了一艘巨大的船只，人们告诉我它的负重可达六十吨。我和牧师们交谈，告诉他们应该让这艘船带上我。‘我再也无法步行了，’我说，‘我的力气已经用光了。’他们得知我从如此遥远的一个国度步行而来，十分惊讶。他们去拜会了船长：‘这个亚美尼亚的修道士，’他们对他说，‘恳请您带他上船。他来自一个遥远的国家，不能再依靠陆地旅行返回了。’他们给船长读了教皇的信。他听了之后说：‘我会让他上船的。但是告诉他我要环游整个海洋，我的船不运送做买卖的人，还有所有在船上的人都要为航行服务。至于我们，已经做好了牺牲的准备。我们将希望全部寄予上帝，我们相信无论命运带我们到何方，上帝都会拯救我们。我们将环游世界，无法确定风将把我们吹到哪里。但上帝是知道的。至于其他，如果你想要和我们一同前行，那很好，就到我的船上来吧，你不必为面包或食物饮料操心。如果你需要另外任何东西，那就是你自己的事了，这些牧师们会负责的。既然我们是好心人，我们会为你提供饼干以及其他上帝赐予我们的东西。’”

这个英勇无畏的主教在不知名的大海上航行了六十八天。逆风将他们一会儿吹到这里一会儿刮到那里，最后他们到了“世界尽头的”的城市。他们受到了猛烈暴风雨的摧残，大船也被震动得非常厉害，所以不得不返回卡蒂斯进行修理。他在卡蒂斯下了船，继续前往瓜达卢佩的圣马利亚圣地进行朝拜。他再次抵达罗马时已经是1496年四月斋期间了。他是这样结束自己的叙述的：“于是我就去了马利亚的圣地，在那里登上了船，我又再次经历了如此巨大的灾难，以至于觉得生不如死。”

然而，我写下这位殉道者阿森德然主教的故事并非是为了他本人，尽管我也不认为回顾一下一个善良勇敢人的事迹是在浪费时间。我记录这个故事，是为了在主教请求搭船时，那个不知名的船长所说的一番话。我想亚美尼亚的主教同样认为这是一段精彩的发言，因为在整本书中这是他唯一记载的一段演说。一路上他遇到了各种各样伟大的人，但对于这些遭遇，他只是提及却并没有加以描绘。依我之见，这段话可以与修昔底德①在他书写的希腊历史中所记录下的那些著名人士的任何一次演讲相媲美。我猜想永远也不会有人知道这位船长的姓名。他把信念寄予上帝，乘着一艘并不坚固的船只，出发驶向浩渺的大海。他那充满英雄气概的话语荡气回肠。我想“仅仅是名义上的”殉道者主教肯定在船长的身上看到了一个相同的灵魂。这位不知名的船长也是一名具有献身精神的教士，但他是为了极其艰难的冒险事业而奉献自我的，同样有一颗无畏的心灵。

如果我没有想错的话，这就是西班牙之所以伟大的奥秘。在西班牙，人就是诗歌，是绘画，是建筑。人就是这个国家的哲学。这些黄金时代的西班牙人生活着，感受着，行动着，但他们并不思考。他们追求并发现的是生活，是骚动的、热烈的、多样的生活。激情是他们生命的种子，激情也是他们绽放的花朵。然而仅凭激情是无法创造一种伟大艺术的。西班牙人在艺术领域毫无建树。他们在艺术实践方面并无多少成果，但却为从异域借鉴而来的艺术技巧涂抹上

① 修昔底德(Thucydides，约前460—约前395)：古希腊历史学家，以《伯罗奔尼撒战争史》传世。

了当地的色彩。他们的文学——恕我直言——并不属于最高的水平;他们向国外大师学习绘画,但却是笨拙的学生,只孕育了一位最一流的画家;他们建筑的典范都有赖于摩尔人、法国人和意大利人的设计,他们自己创作的作品只有亦步亦趋追随典范时才是最好的。他们的卓越之处也很伟大,但却在于不同的方向:那是一种性格的卓越。在这一点上,我想无人可以超越他们,只有古代罗马人才能与他们匹敌。这个精力旺盛的民族似乎将它所有的活力和独创性都投入了一个目标,一个唯一的目标:人的创造。他们并不擅长艺术,他们擅长的是一个比艺术更加伟大的领域——人。然而思想才有最后的决定权。

图书在版编目(CIP)数据

西班牙主题变奏/(英)毛姆(Maugham, W. S.)著;李晓愚译.
—上海:上海译文出版社,2014.1(2021.9重印)
(毛姆文集)
ISBN 978-7-5327-6385-6

Ⅰ.①西… Ⅱ.①毛… ②李… Ⅲ.①散文集—英国
—现代 Ⅳ.①I561.65

中国版本图书馆CIP数据核字(2013)第251007号

西班牙主题变奏
〔英〕毛 姆/著 李晓愚/译
责任编辑/冯 涛 装帧设计/张志全工作室

上海译文出版社有限公司出版、发行
网址:www.yiwen.com.cn
200001 上海福建中路193号
浙江新华数码印务有限公司印刷

开本850×1168 1/32 印张6 插页6 字数130,000
2014年1月第1版 2021年9月第2次印刷
印数:10,001—11,500册

ISBN 978-7-5327-6385-6/I·3818
定价:48.00元